FUSION FANTASTIC STORY

A Bittersweet Life

미더라 장편 소설

즐거운 인생 7

미더라 장편 소설

초판 1쇄 찍은 날 § 2015년 1월 29일
초판 1쇄 펴낸 날 § 2015년 2월 5일

지은이 § 미더라
펴낸이 § 서경석

편집부장 § 권태완
편집책임 § 이창진

펴낸곳 § 도서출판 청어람
등록번호 § 제387-1999-000006호
등록일자 § 1999. 5. 31
어람번호 § 제1-2044호

주소 § 경기도 부천시 원미구 부일로 483번길 40 서경B/D 3F (우) 420-822
전화 § 032-656-4452 팩스 § 032-656-4453
http://www.chungeoram.com
E-mail § chungeorambook@daum.net

ISBN 979-11-04-90093-8 04810
ISBN 979-11-316-9220-2 (세트)

즐거운

인생

7

FUSION FANTASTIC STORY

A Bittersweet Life

미더라 장편 소설

도서출판
청어람

Contents

CHAPTER **37**
다사다난

황태자와 수정이의 결혼식은 생각보다 조용하게 치러졌
다. 전통 혼례로 진행된 결혼식은 방송으로 중계되었는데,
어려운 국민들의 사정을 생각해서 화려하거나 호사스럽다
는 느낌이 들지 않게 진행되었다.

　주혁은 한복을 입은 신부의 모습을 보면서, 웨딩드레스
가 아니더라도 충분히 아름답다는 느낌을 받았다.

　내년 여름쯤에 2황자도 결혼을 한다는 이야기도 들었다.
그리고 주혁은 오랜만에 조형욱과 인사를 나누었는데, 보
지 못한 사이에 무척 달라져 있었다.

"오랜만입니다."

"그러게요. 서로 일하는 곳이 다르니 볼 일이 없었네요."

"출연하신 영화나 드라마는 꼭 챙겨 보고 있습니다."

조형욱은 굉장히 차분하고 진중하다는 느낌이 들었다. 예전에는 철모르는 부잣집 도련님 느낌이 강했는데, 이제는 그런 티는 하나도 보이지 않았다. 역시나 자리가 사람을 만든다는 말이 맞긴 하는 모양이었다.

"이렇게 만난 것도 인연인데 얘기라도 잠깐 할까요?"

"이거 죄송합니다. 제가 바로 촬영장으로 가봐야 해서요. 오늘은 어렵겠네요."

조형욱은 무척 아쉬워했다. 그러고는 언제 식사라도 같이하자고 이야기했다.

"그렇게 하죠. 제가 일정 봐서 연락을 하겠습니다."

주혁은 형욱의 짧은 만남을 뒤로하고 일행에게 돌아왔다. 중범이 다가오더니 주혁에게 속삭였다.

"사람들 평이 괜찮아요. 그래도 서민들의 소리에 귀를 잘 기울이는 사람이라는 얘기가 많거든요. 굉장히 의외죠?"

"국회의원 치고 그런 소리 듣는 사람이 드문데……."

국회의원이라고 하면 부적정인 이미지가 먼저 떠올랐는데, 조형욱은 그나마 괜찮은 국회의원이라고 사람들은 생각하고 있었다. 주혁이 볼 때도 비슷했다. 말하는 것이나 행동하는 게 예전처럼 치기 어린 모습은 없었고, 진중하고 듬직한 그런 사람이 되어 있었다.

사실 주혁은 모르고 있었지만, 조형욱은 주혁에게 상당히 영향을 많이 받았다. 처음에는 경쟁심을 가지고 있었지만, 점차 경외심으로 마음이 바뀌었던 거였다. 열심히 사는 모습에, 그리고 꿈을 하나하나 이루어 나가는 광경에 감탄했다.

그래서 자신도 삶의 목표를 다시 세웠다. 기왕 정치권으로 나가기로 한 이상 멋지게 꿈을 펼쳐 보기로 한 거였다. 덕분에 할아버지인 조만해로부터 인정받고 있었다. 집안을 크게 일으킬 놈이라면서.

그래서 오늘 주혁과 이야기를 좀 나누고 싶었던 거였다. 하지만 그런 사정은 모른 채 주혁은 바쁘게 움직였다. 바로 촬영장으로 내려가야 했으니까. 오늘은 뒤풀이에도 참석하고 조금 여유롭게 있고 싶었지만, 일정이 그를 내버려 두질 않았다.

"형, 이런 법이 어디 있어요? 오늘은 마시고 가야죠."

"미안, 나도 그러고 싶은데……."

아쉽지만 사람들과의 술자리는 나중에 하기로 했다.

"형, 마시다가 내일 일찍 가면 되잖아요."

"나중에 내가 거하게 산다니까. 오늘은 봐줘라."

혼자 즐기자고 여러 사람에게 피해를 줄 수야 있는가. 다음에 거하게 자신이 사겠다고 하고는 자리를 빠져나왔다. 다른 일행도 아쉬워하긴 마찬가지였지만, 주혁의 사정을 아는지라 작별인사를 해야만 했다.

그렇게 아쉬움을 남기고 주차장으로 내려온 주혁은 차에 타고는 등받이에 몸을 기댔다.

"가자, 장백아."

"예, 형님. 무안으로 가면 되죠?"

"그래, 오늘 도착해야지 내일 아침 촬영을 할 수 있으니까."

가는 동안 주혁은 과속 스캔들 관련 기사도 보고, 대본을 보면서 내일 촬영할 이미지를 떠올리기도 했다. 그리고 무안에 도착해서는 바로 숙소로 가서 눈을 붙였다.

그리고 다음 날 아침.

"안녕하세요."

주혁은 촬영장에 나왔는데, 낯익은 얼굴이 보였다. 실제로 본 건 아니었고, 영화 타짜에서 봐서 얼굴이 익숙한 거였다.

그러고 보면 전우치에 나오는 배우 중에는 타짜에 나왔던 배우가 굉장히 많았다. 대감 집에서 대감의 아들로 나온 배우도 타짜에서 고니의 삼촌으로 출연했던 배우였고, 지금 왕을 하는 배우도 타짜에 출연했었다.

"예림이."

주혁은 자신도 모르게 중얼거렸다. 정 마담에게 홀딱 넘어가서 예림이만 부르짖다가 돈을 모두 날리는 호구 역을 한 바로 그 배우였다. 굉장히 안정적인 연기를 해서 기억에 남았던 배우였다.

주혁은 타짜 촬영을 할 당시가 떠올랐다. 겨우 대사 한마디를 하던 단역 시절이. 그러던 주혁이 지금은 어엿한 주연 배우가 되어 있었으니 정말 감회가 남다르지 않겠는가. 그리고 그런 생각이 드니 열심히 해야겠다는 마음이 불끈불끈 솟았다.

*   *   *

주혁은 정말 몸을 두 개로 나눌 수 있으면 좋겠다는 생각을 했다. 전우치의 촬영만 해도 만만한 게 아니었는데, 다른 일까지 같이 해야 했기 때문이었다. 그 일도 전우치의 촬영만큼이나 중요해서 절대로 소홀히 할 수 없었는데, 그 일이란 바로 과속 스캔들의 홍보였다.

주혁은 촬영도 하면서 틈틈이 홍보도 하러 다니느라 정말 바쁜 일정을 소화하고 있었다. 그나마 다행스러운 점은 시사회에 온 관객들의 반응이 나쁘지 않다는 점이었다. 관객들의 반응을 보고 있자면 피로가 싹 가시는 듯했다.

"소영아, 반응 괜찮았지?"

주혁은 상영이 끝난 후에 소영에게 슬쩍 물어보았다. 자신이 보기에는 반응이 괜찮았는데, 다른 사람들도 그렇게 생각하는 건지 확인하고 싶어서였다. 아무래도 처음 시도한 코미디라서 부담감이 있었던 탓이다.

"저는 잘 모르겠어요. 그런데 많이 웃기는 하시더라고요."

소영은 잘 모르겠다고 했지만, 얼굴을 더없이 환했다. 그녀도 알고 있는 것이다. 관객들이 즐겁게 웃는 걸 직접 보고 들었으니까. 거기다가 마지막에 감동을 받고는 행복해하는 표정까지. 연기를 한 배우로서 정말 뿌듯했다.

"다른 건 몰라도 가장 인기 좋은 건 우리 기동이인 것 같아요. 그렇게 생각하지? 아들?"

소영이는 옆에 앉은 철현이의 머리를 쓰다듬으면서 이야기했고, 철현이는 방긋 웃으면서 고개를 끄덕였다. 사실 주혁이 보기에도 이 영화는 손자인 기동이 캐릭터가 아니었다면, 이렇게까지 반응이 좋지는 않았을 것 같았다.

주혁이나 소영의 연기도 좋았지만, 왕기동이라는 꼬마의 캐릭터가 정말 대박이었다. 사람들은 초반이 지난 후에는 기동이의 모습만 보여도 웃기 시작했다.

사람들이 정말 즐거워하는 걸 보면서 주혁은 이런 게 코미디의 매력이구나 하는 걸 느꼈다. 그리고 자신은 크게 빛나지 않았지만, 이 영화에 출연한 것이 충분히 의미 있는 일이었다고 느꼈다.

하지만 이제는 확실하게 목표를 정했다. 국내에서 톱스타로 발돋움하고 할리우드에 진출하는 것. 주혁은 청룡영화상이나 대종상 남우주연상을 타고 할리우드에 가고 싶었다. 그리고 분명히 해낼 수 있다고 믿었다.

주혁이 그런 다짐을 하는 사이에 소영은 옆에 있는 철현이와 도란도란 이야기를 계속 나누고 있었다.

"우리 기동이는 어떤 장면이 제일 좋아?"

"나는 음… 할아버지가 엄마 구해주는 장면."

주혁도 무척 마음에 들어 하는 장면이었고, 관객들도 굉장히 가슴 뭉클해하는 장면이었다. 기동이가 없어졌다고 울다가 진행요원에게 끌려 나가는 소영에게 주혁이 달려가는 장면. 주혁은 이야기를 들으니 촬영할 때의 기억이 새록새록 났다.

셋이서 정말 재미있게 찍었었다. 소영이의 연기가 정말 많이 늘었다는 사실도 확인할 수 있었다. 그리고 아이들은 잠이 많다는 사실도. 생각만 해도 미소가 지어지는 그런 날들이었다.

영화관 안에 불이 켜졌다. 사람들은 이미 모두 나가서 영화관 안은 텅 비어 있었다. 이제는 기억에서 나와 다시 현실로 돌아가야 할 시간. 주혁은 일어서면서 말을 던졌다.

"자, 우리도 슬슬 일어날까?"

주혁은 아이들과 같이 밖으로 나갔는데, 김중택 대표가 싱글벙글한 표정으로 주혁에게 달려왔다. 조금 전까지 화장실에 있다가 막 나온 거였다.

"내가 장담하지. 이거 최소한 600만 이상은 간다."

김중택 대표는 확신에 찬 어조로 말했다. 영화를 보고 난 후 사람들의 반응을 보면 흥행할 것인지 아닌지 대충 감이 온다. 그러면 사람들의 진솔한 반응을 확인할 수 있는 곳이 어딜까? 여러 장소가 있겠지만, 김중택 대표가 자주 찾는 곳은 바로 화장실이었다.

영화를 보고 난 후에 화장실에 온 사람들은 지금 본 영화에 대해서 가감 없이 이야기를 한다. 그래서 예전에는 영화사 직원이 아예 화장실 한 칸에 죽치고 앉아서 반응을 살피기도 했다.

지금이야 그렇게까지 하는 곳은 없었지만, 김중택 대표는 시사회를 할 때마다 화장실에 들렀다. 그리고 확신하게 되었다. 이 영화는 된다고. 그리고 그의 생각대로 개봉 직전에 호평이 쏟아지기 시작했다. 시사회에서 영화를 본 기자들과 일반인들이 글을 올린 것이다.

따뜻한 웃음 넘치는 '과속 스캔들'

'과속 스캔들', 기분 좋아지는 웰 메이드 코미디 영화

'과속 스캔들' 시사회 관객 반응 심상치 않아

원래 개봉이 다가오면 홍보성 기사들이 쏟아지는 게 사실이기는 했지만, 과속 스캔들의 경우에는 반응이 확연하게 달랐다. 기사야 내용을 주고 올려달라고 할 수는 있겠지만, 수많은 댓글은 그럴 수가 없다.

그런데 과속 스캔들의 글에는 정말 괜찮은 영화라는 댓글이 유독 많이 달렸다. 몇 개라면 알바를 썼다고 할 수도 있겠지만, 워낙 사람들의 반응이 뜨거워서 사람들도 과속 스캔들이 뭔가가 있구나 하는 걸 알게 되었다.

그런 효과는 예매율 상승으로 이어졌고, 개봉이 되자 무서운 기세로 1위를 차지했다. 그리고 보고 나온 사람들의 입소문을 타고 기세는 더욱 불타올랐다.

‘과속 스캔들’ 예매율 압도적 1위 싹쓸이 ‘흥행 예고’

‘과속 스캔들’, 흥행 ‘과속’ 4일 만에 60만 돌파 1위

‘과속 스캔들’ 개봉 첫 주 1위 5일 만에 71만. 흥행 과속

‘과속 스캔들’, 개봉 주 80만 관객 동원 초읽기

주혁도 잘되리라 생각은 했지만, 너무나도 뜨거운 반응에 어리둥절할 지경이었다. 그리고 흥행 돌풍이 거세지는 만큼, 주혁의 연기 변신에도 많은 찬사가 쏟아졌다.

끝을 알 수 없는 배우라거나 변신의 귀재라는 사람도 있었고, 항상 도전하는 자세를 가지고 있는 배우라는 호평도 있었다. 그리고 사기 캐릭터라는 평도 나왔다. 전혀 다른 캐릭터를 어떻게 그리 잘 소화할 수 있느냐면서.

“사기 맞지. 아니, 학벌도 좋아, 돈도 많아, 연기도 잘해, 거기다가 몸까지 죽이잖아.”

기재원 대표는 인터넷에 올라온 글을 보면서 중얼거렸다. 솔직하게 말해서 어떨 때는 사람 같지 않았다. 모든 걸 다 가지고 있는 사람. 그게 어디 사람같이 보이겠는가. 게다가 성격도 좋았다. 착실하고 겸손한 데다가 사람들 잘 챙

기고.

"만약에 다시 태어날 수 있는 기회가 있으면, 주혁 같은 사람으로 태어나게 해달라고 하고 싶을 정도니까 말이야."

그는 중얼거리면서 화면에서 눈을 뗐다. 인터넷이란 게 참 요상해서 한번 보기 시작하면 꼬리에 꼬리를 물고 볼 게 생겼다. 그러니 일을 하려면 적당한 때 그만두어야 했다. 그는 중국과 일본에서 온 제안들을 검토했다.

일본보다는 중국 쪽에서 더 적극적이었는데, 지금 있는 아토 엔터테인먼트의 아이돌 그룹과 연계하면 시너지 효과가 아주 좋을 것 같았다. 그리고 무엇보다도 중국에서는 극진한 대우를 하면서 모셔가려고 한다는 점이 마음에 들었다.

기왕이면 대접해 주는 곳에 가는 게 좋지 않겠는가. 게다가 기 대표는 앞으로 중국과 동남아시아 시장을 중요하다고 생각하고 있어서 마침 잘된 일이었다. 이게 다 주혁이 중국에서 인기를 얻으면서 일이 술술 잘 풀리는 거였다. 중국에서는 예능이건 CF건 주혁이 원하기만 한다면 언제라도 좋다고 할 기세였다.

"올해는 힘들고, 내년에는 일본이나 중국 쪽도 신경을 쓰는 걸로 얘기를 해봐야겠어."

주혁의 입장에서도 국내에서만 인기 있는 것보다야 아시

아귄, 나아가서는 월드 스타가 되는 게 좋지 않겠는가. 기재원 대표는 주혁이라면 가능하리라 생각하고 큰 그림을 그리기 시작했다.

"그래, 주혁이라면 가능할 거야. 주혁이라면."

＊　　　＊　　　＊

원래 바쁘게 살아온 주혁이었지만, 2008년 연말부터 2009년 초까지는 정말 눈코 뜰 새가 없을 정도였다. 큼직한 일이 쉴 새 없이 생겨서 그런 거였다. 일단 청룡영화상을 받은 것부터 시작해서, 황태자의 결혼식이 있었다.

그리고 2008년 12월에 개봉한 과속 스캔들이 엄청난 흥행을 하면서 주연배우 세 명을 찾는 곳이 많아졌다. 당연히 주혁의 일정도 꼬이기 시작했다. 여기저기서 불러대는 통에 일정을 정리하는 게 만만치가 않았다.

그래도 연말까지는 크게 문제가 되지 않았다. 원래 연말에 있는 각종 행사는 미리 계획이 잡혀 있어서 갑작스럽게 부르는 곳은 거의 없었다. 하지만 2009년이 되고, 흥행 열기가 수그러들 기미가 보이지 않자 출연 요청이 쇄도했다.

덕분에 아토 엔터테인먼트는 골머리를 싸매고 있었다. 강주혁과 장소영이 모두 아토 엔터테인먼트 소속이라 방송국을 비롯한 여러 곳에서 문의 전화가 빗발쳤는데, 개중에는 거절하기가 어려운 것도 있었다.

"천만이 가능할까?"

주혁은 밴 안에서 스마트폰을 검색하다가 과속 스캔들이 천만도 가능하다는 글을 보고는 중얼거렸다. 천만 관객. 지금까지 단 네 편만 그 고지를 넘었다. 실미도, 태극기 휘날리며, 왕의 남자. 그리고 괴물.

"그리고 코미디는 단 한 편도 천만을 넘지 못했지."

어디 넘지 못했다 뿐인가. 지금까지 코미디로 가장 많은 관객을 동원한 작품은 미녀는 괴로워. 그 작품의 관객 수는 660만 명이다. 그러니 코미디와 천만 관객이라는 건 전혀 별개의 것처럼 느껴지는 것도 무리는 아니었다.

"그래도 과속 스캔들은 넘었으면 좋겠어요."

소영이가 철현이와 장난치다가 대답했다. 소영이는 가족끼리도 많이 보러온다면서 넘을 수 있을 거라고 했다. 하지만 주혁의 코디인 윤미의 생각은 조금 다른 듯 고개가 살짝 기울어졌다.

"글쎄요, 저는 좀 어려울 것 같은데요."

주혁은 윤미의 이야기에 귀를 기울였다. 윤미는 나이는 어렸지만, 이쪽 분야에 관심도 많고 판단력도 좋아서 종종 날카로운 의견을 말하곤 했다. 솔직히 그런 감각은 장백이

보다 나아 보였다.

"과속 스캔들이 정말 좋은 영화인 건 맞아요. 웃음과 감동, 어떤 연령층이라도 볼 수 있다는 장점도 있어요. 그래서 저도 얼마 전까지만 해도 무조건 천만은 넘는다고 봤거든요."

그런데 갑자기 변수가 생겨서 생각이 바뀌었다는 거였다. 그녀가 생각이 바뀐 건 바로 워낭소리라는 영화 때문이었다.

"저도 이거 보고 많이 울었거든요. 나중에 아빠하고 또 보러 가려고요."

윤미는 천만이 넘으려면 평소에 영화를 잘 보지 않았던 사람들까지도 봐야 가능성이 있는데, 워낭소리 때문에 표가 갈려서 어려울 것 같다는 거였다. 주혁이 듣기에도 그럴싸한 의견이었다.

"그런데 워낭소리가 그렇게 감동적이야?"

"보시면 알아요. 부모님이나 할아버지, 할머니 모시고 와서 같이 보는 사람도 많거든요."

윤미의 이야기를 듣자 주혁은 갑자기 울적한 기분이 되었다. 모시고 가고 싶어도 그럴 수가 없었으니까. 인기를 얻고 즐겁게 지내고는 있지만, 텅 빈 가슴은 좀처럼 채워지지 않았다. 하긴 가족을 잃은 빈자리는 평생 남아 있는 것인지도 모른다.

주혁은 마음을 가다듬고는 일부러 쾌활하게 이야기했다.

"그래? 나도 가서 함 봐야겠는데?"

"예, 꼭 보세요. 그런데 오빠는 어떻게 생각하시는데요?"

윤미는 주혁의 의견을 궁금해했다. 그녀가 보기에 주혁은 연기도 연기였지만, 작품에 대한 안목과 흥행에 대한 감각이 굉장히 뛰어난 사람이었다. 지금까지 차를 타고 같이 다니면서 다른 작품에 대해서 종종 이야기했었는데, 주혁의 말이 빗나간 건 거의 보질 못했다.

윤미는 주혁이 승승장구하고 있는 건 연기력보다 작품성과 흥행성을 보는 눈이 뛰어나서 그런 거로 생각하고 있었다. 왜 그런 배우도 있지 않은가. 연기력은 나쁘지 않은데, 작품 보는 눈이 없어서 고생하는 배우.

"이건 나도 잘 모르겠다. 될 것 같기도 하고, 어려울 것 같기도 하고. 아슬아슬할 것 같아."

주혁은 고개를 돌려 장난을 치며 놀고 있는 철현이를 보았다.

"우리 기동이는 요즘 CF 많이 찍는다면서?"

"요즘 최고 스타잖아요. 어딜 가든지 썩소 한번 해달라고 난리라니까요."

연기도 못해서 감독의 손가락을 보고 표정을 바꾸었던

꼬맹이가 일약 스타가 되었다. 요즘 치킨에 음료수에 광고가 줄을 이었다. 주혁은 아이들과 장난을 치다가 창밖을 보았다. 이른 아침이라 출근하는 사람들도 길이 붐볐다.

. "인터뷰만 하고 후딱 촬영장으로 가야겠구나."

예능에서도 계속해서 러브콜이 들어오고 있었지만, 그렇게 오래 촬영하는 프로그램에 시간을 낼 수는 없었다. 소영이와 철현이 둘은 잠깐 나간 적이 있었는데, 주혁까지 셋이 완전체로 출연한 적은 없었다.

오늘도 두 시간 안에 인터뷰와 사진 촬영만 마치고 바로 촬영장으로 가야 했다. 그것도 일정을 간신히 조정한 거였다. 더구나 주혁은 새벽까지 촬영하다가 두어 시간 정도만 자고 바로 나온 상태였다.

부르르르.

진동으로 해놓은 핸드폰이 몸을 떨었다. 꺼내 보니 송아현에게 온 문자였다. 다소 모호한 말로 범벅이 되어 있어서, 진의를 파악하는 데 시간이 조금 걸렸다. 자세히 곱씹어보니 위험을 무릅쓰고 용기를 내는 것이 맞는지, 참고 견디는 게 맞는지를 묻는 내용으로 보였다.

주혁은 잠시 생각하다가 문자를 보냈다.

―그건 네가 발전하고 싶은지, 아니면 안전하고 싶은지에 따

라서 다른 것 같아. 어떤 상황인지는 모르겠지만, 어떤 결정도 틀렸다고는 할 수 없겠지. 네가 원하는 게 뭔지를 생각해 보고 결정하길.

주혁은 조금은 긴 문자를 적어 보냈다. 그러자 잠시 후에 바로 답장이 왔다.

─용기를 내보려고 해. 쉽지는 않겠지만. 후회를 해도, 해보고 나서 할래. 충고 고마워.

주혁은 그녀의 문자를 확인하고는 다시 바쁜 일상 속으로 들어갔다. 인터뷰를 하면서, 관객 천만 명이 넘었으면 좋겠다고 너스레도 떨었다. 코믹한 분위기의 사진도 찍고, 다시 촬영장으로 달려와서 와이어를 탔다.

다른 생각은 전혀 할 수 없는 그런 바쁜 시간들이 계속되었다. 주혁이 저녁을 먹으면서 뉴스를 보기 전까지는.

*   *   *

배우 송아현 사망. 자택에서 숨진 채 발견.

주혁은 TV를 보다 숟가락을 떨어뜨렸다. 그리고 잠시 멍하니 TV만 바라보고 있었다. 머릿속에 아무런 생각도 나지 않았다. 주변에서 떠드는 소리도 들리지 않았고, 바로 옆에서 움직이는 사람도 보이지 않았다.

한참을 그렇게 있다가 점점 시각과 청각이 되돌아왔다. 그리고 무척 혼란스러웠다. 혹시나 아침에 자신에게 보낸 문자가 자살하겠다는 거였는지 의심이 되었다.

"핸드폰."

주혁은 주머니를 뒤졌지만, 핸드폰을 가지고 있지 않았다. 그리고 곧바로 차에다가 두고 온 사실이 생각났다. 주혁은 밖으로 뛰어 나가 차량으로 달려갔다.

주혁은 떨리는 손으로 핸드폰의 문자를 확인했다. 주혁과 송아현이 주고받은 문자가 화면에 나타났다. 그리고 내용을 뚫어지게 보았다. 혹시라도 자신이 보낸 문자를 보고 자살을 결심한 것이 아닌가 걱정되어서였다.

"아니야. 분명히 자살하겠다는 소리가 아니었어."

한참을 읽고 또 읽은 후에 주혁은 말했다. 그녀가 보낸 마지막 문자는 아무리 읽어보아도 자살하겠다는 사람의 문자로는 보이지 않았다.

—용기를 내보려고 해. 쉽지는 않겠지만. 후회를 해도, 해보

고 나서 할래. 충고 고마워.

　이건 분명히 무언가를 해보겠다는 것이지 자살을 하겠다는 내용이 아니었다. 주혁의 머리에는 아주 좋지 않은 시나리오가 그려졌다. 누군가에게 용기를 내서 대항하려다가 살해당하는 그런 시나리오가.

　주혁은 갑자기 혼란스러워졌다. 분명히 자살은 아니라고 생각되었는데, 뭘 어찌해야 할지 갈피를 잡을 수 없었다. 그냥 온갖 생각이 머릿속을 떠돌아다녔다.

　'아니야. 그사이에 무슨 심경의 변화가 일어나서 자살을 한 건 아닐까?'

　'아니면 처음부터 이 내용이 자살을 암시하는 것일 수도 있어.'

　'미친놈. 저 문자가 어떻게 자살하는 사람의 문자야? 후회를 해도, 해보고 나서 할래. 저 내용을 보고도 그런 생각이 들어? 자살을 해보고 나서 후회한다는 게 말이 돼?'

　주혁은 너무 심란해서 초조한 발걸음으로 주변을 서성였다. 심호흡도 해보고 제자리에서 뛰어보기도 했지만, 도무지 진정이 되질 않았다.

　"아, 여기 계셨네요. 저기 조금 있으면 촬영이 들어가는데……."

조 감독이 찾아와서 주혁에게 이야기하다가 멈칫했다. 주혁의 행동이 어딘가 이상해서였다. 평소에는 항상 여유가 넘치고 유쾌한 사람이었다. 그런데 지금은 누군가에게 쫓기는 범인 같은 느낌이라고나 할까. 그런 불안하고 초조함이 행동에서 묻어나고 있었다.

주혁은 아직도 결정하지 못하고 있었다. 그는 움직임을 멈추고 깍지를 끼고 거기에 머리를 댔다. 그리고 생각했다. 지금 이 상황을 어떻게 판단해야 하는지.

조금 차분하게 생각하니 쉽게 판단할 수 있었다. 자살은 아닌 것 같다고. 물론 100% 확신할 수는 없는 일이다. 하지만 지금 그녀와 주고받은 문자만 가지고 생각했을 때, 자살이라고 볼 수는 없었다.

하지만 그 이후가 문제였다. 누군가가 그녀를 자살로 위장해서 죽인 것이냐. 아니면 용기를 내서 뭔가를 했다가 좌절하고 그 충격으로 자살한 것이냐. 그것은 알 수 없었다.

"죄송한데 잠깐만 집에 좀 다녀와야 할 일이 생겨서요. 감독님께는 집에만 갔다가 바로 온다고 좀 전해주세요."

상당히 결례되는 일이었지만, 워낙 다급한 상황이라 주혁은 바로 차에 타고는 출발했다.

"어, 저기."

조 감독은 어안이 벙벙한 상태로 주혁이 떠난 곳을 향해서 손을 뻗고 있었다. 그리고 지금 무슨 일이 일어났는지 실감이 되지 않는 표정이었다. 하지만 주혁은 그런 조 감독에게 관심을 가질 여유조차 없었다.

다행스럽게도 오늘 촬영은 서울에서 있었기 때문에, 시간이 부족하지는 않을 듯했다. 만약 지방에서 촬영이 있었다면 어쩔 수가 없었겠지만. 주혁은 집으로 향하면서 미스터 K에게 연락했다. 그는 연결음이 몇 차례 울리지 않아 바로 전화를 받았다.

"엔터하이에 대한 감시는 계속하고 있었죠?"

─예, 그렇습니다.

거두절미하고 다급하게 이야기를 했지만, 미스터 K는 바로 대답했다.

"그러면 혹시 송아현이라는 배우에 대해서도 자료가 있습니까?"

─송아현이요? 잠시만 기다리시죠.

주혁은 마음은 다급한데 자꾸만 신호등에 걸려서 시간이 지체되고 있다는 게 짜증스러웠다. 그는 붉은색 신호등을 보면서 미스터 K가 대답하기를 기다렸다. 하지만 핸즈프리를 통해서 좀처럼 대답이 들리지 않았다.

─아, 있습니다. 그런데 무슨 일이신지…….

신호가 막 바뀌어서 주혁이 출발할 때, 미스터 K의 목소리가 들렸다. 주혁은 그녀와 관계된 내용을 이야기해 달라고 요구했다.

　ー송아현은 접대조로 분류되어 있습니다. 정식 분류는 아닌데, 백정우의 측근들은 접대조라고 부르고 있습니다. 배우나 가수로서 실력은 떨어지지만, 외모는 괜찮은 여자들을 다른 용도로 이용하고 있더군요.

미스터 K는 그 후로도 충격적인 이야기를 계속했다. 그리고 이야기를 들을수록 주혁은 흥분했다.

그러다가 주혁은 갑자기 주변의 풍경이 바뀐 것을 느꼈다. 자신의 손에는 핸드폰이 들려 있었고, 미스터 K의 번호가 액정이 떠 있었다. 통화 버튼을 건드리기만 하면 그에게 전화할 수 있는 상태였다.

주혁은 주변을 돌아보았다. 자신의 방이었고, 바닥에는 금속 상자가 놓여 있었다. 해가 떠오르는지 창문 밖이 뿌옇게 밝아왔다. 그리고 책상 위에 있는 탁상시계와 그 옆에 있는 캘린더. 주혁은 캘린더를 집어 들었다.

캘린더에는 자그마하게 아침에 인터뷰가 있다고 적혀 있었다. 소영이와 철현이를 만나기로 한 그날이었다. 그리고 바로 일어난 것 같은데, 가슴에서 무언가가 꿈틀거리는 게 느껴졌다. 주혁은 바로 버튼을 눌렀다. 그리고 미스터 K의 목소리를 확인하고는 바로 본론을 말했다.

"엔터하이에 송아현이라고 접대조에 있는 아이가 있을 겁니다."

주혁은 누군가가 그녀를 노리고 있는 것 같다고 하면서 보호를 부탁했다. 그리고 아마도 그녀가 벗어나려고 하자 백정우가 뒤처리를 하려는 것 같다고 말해주었다. 그리고 차가운 목소리로 물었다.

"이제는 거칠게 일하지는 않는다고 하셨죠?"

─그렇습니다. 저번에는 특별한 경우라서 예외적인 방법을 사용했습니다만…….

"이번에는 대단히 특별한 경우인데… 그렇다면 아주 예외적일 수도 있겠군요."

─원하신다면. 하지만…….

미스터 K는 잠시 쉬었다가 말을 이었다.

─이런 자들이 아니었다면, 거절했을 겁니다.

"기쁘군요. 이런 자들을 소개해 줄 수 있어서요."

주혁은 하얀 이를 드러내며 웃었다.

*　　　*　　　*

송아현은 백정우를 찾아가서 회사를 나가고 싶다고 말했다.

하지만 돌아오는 건 폭언과 협박뿐이었다. 전속 계약 기간이 남았으니 나가려면 위약금을 물어내라면서. 그리고 그 금액은 그녀가 도저히 감당할 수 없는 금액이었다.

"불공정한 계약? 그런 거 좋아하면 법대로 한번 해보든가."

백정우는 눈도 깜짝하지 않았다. 어디 이런 경우가 한두 번이던가.

"헛소리하지 말고, 시키는 거나 제대로 해. 그래야 단역이라도 넣어줄라니까. 혹시 알아? 그러다가 인생 꽃피게 될는지?"

백정우는 책상에 앉으면서 이야기했다. 송아현은 쳐다보지도 않고 말했는데, 당연히 자기 말을 들을 것으로 생각하고 있었다.

하지만 송아현은 오늘은 끝을 내리라 굳은 결심을 하고 온 상태였다.

송아현은 입술을 잘근잘근 깨물었다. 그렇게 결심을 하고 왔지만, 백정우 앞에만 서면 다리가 떨리고 입이 잘 열리지 않았다. 하지만 이대로 물러설 수는 없는 일. 용기를 쥐어짜 입을 열었다.

"내보내 줘요. 안 그럼 다 말하겠어요. 전부 다."

순간 백정우의 고개가 휙 돌아갔다. 그리고 쭉 찢어진 눈으로 송아현을 쩨려보았다.

그녀는 그 눈빛만 봐도 잔뜩 움츠러들었다. 하지만 눈빛을 피하지는 않았다.

"전부우 다아?"

백정우는 비꼬듯 말을 주욱 늘리면서 내뱉었다. 하지만 오늘은 뭔가가 다르다는 걸 확실히 알 수 있었다. 이럴 때는 두 가지다. 확 눌러서 다시는 이런 말이 나오지 않게 하거나, 아니면 안심시킨 다음에 일을 처리하거나.

'쉽게 포기하지는 않을 것 같은데?'

백정우는 골치가 아팠다. 가뜩이나 요즘 일이 안 풀려서 죽겠는데, 왜 이런 애들까지 난리란 말인가. 더구나 요즘은 이런 애들이 더 필요한 시기였다. 여기저기 줄을 댈 일이 많아서였다.

원래도 이렇게 나가겠다고 하는 걸 순순히 들어주는 백정우가 아니었지만, 지금은 절대로 그럴 수 없었다. 얘가 나갔다는 소문이 돌기라도 한다면 접대조 애들이 순식간에 빠져나갈 수도 있으니까.

"야. 이거 왜 이래? 니가 이런다고 뭐 어쩔 수 있을 것 같아?"

"증거가 있어요. 내가 그런 것도 준비하지 않고 이러는 것 같아요?"

송아현은 바짝 긴장했지만, 물러서지 않았다. 그러자 백정우가 피식 웃으면서 그녀에게 다가왔다. 아주 천천히. 그러지 않으려고 했지만, 송아현의 몸이 저절로 떨렸다.

"우리 아현이 이제 사회 물 좀 먹었다 이거네? 그래 뭘 가지고 있는지 좀 볼까?"

백정우는 아현의 앞 소파에 털썩 앉더니 그녀를 쳐다보았다.

그녀는 핸드폰을 꺼내 동영상을 찾아서 틀었다. 거기에는 중년 남자의 얼굴과 알몸이 그대로 나와 있었고, 그 이후 장면도 찍혀 있었다.

'이년이 작정을 하고 찍었잖아? 씨발. 이러면 곤란한데.'

백정우는 자신이 생각하고 있는 것보다 상황이 심각하다는 걸 깨달았다. 그저 핸드폰으로 녹음이나 간단한 걸 찍어 놓은 줄 알았는데, 그 정도가 아니었다. 이 영상이 새어 나갔다가는 엄청난 폭풍이 휘몰아칠 것이 자명했다.

하지만 이 바닥에서 하이에나라고 불리는 백정우는 그런 걸 표정에 드러낼 정도로 어리석은 사람은 아니었다. 이런 협박은 하기도 많이 했고, 당하기도 많이 해봤다. 이럴 때는 약하게 보이면 당한다는 걸 누구보다도 잘 알고 있었다.

"증거라. 그런 거 이 사람들이 싫어하는 거 잘 알지 않아? 야, 아닌 말로 이거 풀리면 그 사람들이 널 가만히 둘 것 같아?"

백정우는 송아현의 머리카락을 쓰다듬으면서 말했다. 그녀는 몸을 떨면서도 피하지는 못했다. 그랬다가는 어떻게 되는지 이미 겪어봤기 때문이었다. 그때 맞은 기억은 그녀에게는 엄청난 충격이었다.

사실 지금 백정우를 앞에 두고 이런 이야기를 한다는 자체가 그녀에게는 엄청난 일이었다. 그래서 그녀의 목소리는 계속 떨렸다.

"그러니까 내… 내보내줘요. 그러면 나도 입 다물고 있을 테니까."

"그건 안 돼. 니가 나가면 다른 애들도 흔들려."

백정우는 단호하게 말했다. 절대로 들어줄 수 없다는 듯이. 그러면서도 백정우의 머리는 바쁘게 돌아가고 있었다. 풀리지 않는 의문점이 있어서였다.

'저걸 저년이 혼자 찍을 수는 없지. 카메라가 되었든 뭐가 되었든 저년이 설치했다고는 볼 수 없어. 그럼 누구지?'

"절대로 말하지 않을게요. 조용히 나가면 아무도 모를 거예요."

송아현은 애처로운 표정으로 거의 애원하다시피 말했고, 백정우는 잠시 그 말을 듣고는 생각에 잠겼다.

그녀는 백정우의 입만 쳐다보고 있었다. 백정우는 계속해서 생각했다. 과연 누가 배신을 했는지를.

  '씨펄. 이 새끼가. 어쩐지 아현이 이름을 자꾸 빼먹더라니.'

  백정우는 누가 범인인지 알 수 있었다. 증거? 그딴 건 없었다. 하지만 그는 확신했다. 별장에 드나들 수 있는 사람은 극소수다. 그중에서 최근에 자신이 돌릴 애들이 누가 있느냐고 물었을 때, 유독 송아현만 빼고 이야기한 놈은 딱 한 놈. 그러니 실장이 범인임을 알 수 있었다.

  '이 새끼가 애들 관리하라고 앉혀 놨더니 연놈이 배가 맞아서 내 뒤통수를 노려?'

  백정우는 오래 생각하는 척하다가 드디어 입을 열었다.

  "그럼 이렇게 하자. 일단 아파서 쉬는 걸로 해. 그러다가 두어 달 지나서 요양하러 내려가는 걸로 하면서 처리하자고. 그러면 말들이 없겠지."

  "예, 좋아요. 그렇게 할게요."

  송아현은 반색을 하고는 고개를 끄덕였다. 백정우는 비릿하게 웃으면서 말을 이었다.

  "대신 너도 그동안 다른 사람 눈에 띄지 않게 조심해. 괜히 멀쩡하게 움직이는 거 다른 사람이 알면 골치 아프니까."

"예, 그렇게 할게요. 그러면 정말 계약 없애주는 거죠?"

"대신 너만이야. 다른 사람한테는 절대로 얘기하면 안 돼. 얘기가 돌면 그때는 무슨 일이 있어도 안 해줄 거야. 알았어?"

"예, 입 꼭 다물고 있을게요."

송아현은 기뻐하면서 눈물까지 글썽였다. 마치 모든 일이 끝났다는 듯이.

하지만 그녀를 바라보는 백정우의 시선은 차갑기만 했다.

"그럼 지금부터 집에만 틀어박혀 있어. 아니면 어디 병원에 있든가. 병원 소개시켜 줘?"

"아니요, 아니요. 집에 있을게요."

그녀는 기겁하면서 대답했다. 백정우가 소개시켜 주는 병원에 있을 생각은 추호도 없었다. 백정우가 지금 자신의 요구 조건을 들어주는 것만 해도 믿어지지 않는 일이었다. 자신이 준비한 이 영상이 아니었다면, 절대로 그는 자신을 놓아주지 않았을 것이다.

그 영상이 퍼지면 백정우도 멀쩡하게 돌아다닐 수 없으리란 사실을 잘 알고 있었으니까. 그래서 자신이 그 영상을 가지고 있으니 문제는 해결되었다고 생각했다. 그리고 주혁의 말처럼 용기 내기를 잘했다고 여겼다.

"그럼 저는 집에 가 있을게요."

아현은 잠시라도 이곳에 있기 싫다는 듯 급히 밖으로 나
갔다.

그리고 그녀가 밖으로 나가자마자 백정우는 전화기를 들
었다. 오랜만에 연락하는 곳이었다. 이런 식으로 일을 처리
하기는 싫었지만, 지금 자신의 상황은 그런 걸 신경 쓸 수
없게 만들었다.

"오랜만이군. 나 백정우야."

—그렇군요. 3년? 4년?

"쓸데없는 소리 하지 말고 일 좀 해줘야겠어."

—우리한테 오는 전화는 모두 일 때문입죠. 그래, 이번에
는 어딜 청소해 드리면 되는 건가?

백정우는 한숨을 내쉬고는 조용히 입을 열었다.

*　　　*　　　*

"알았지? 절대로 아무한테도 문 열어주지 말고. 동생하
고 동생 친구들은 언제 오기로 했어?"

"오늘 저녁이요. 그런데 실장님은 괜찮아요?"

"나야 뭐. 일단 집에 가 있어. 나중에 내가 연락할 테니
까."

송아현은 실장에게 같이 가서 숨어 있는 게 좋지 않겠느

냐고 말했지만, 실장은 고개를 가로저었다. 자신이 여기에 남아서 상황을 보는 편이 더 좋다면서.

실장은 주변을 두리번거렸다. 원래는 아현은 아까 출발했어야 했는데, 자신을 기다리다가 아직도 출발하지 못하고 있는 거였다. 외부에 일이 있어서 다녀오느라 늦었는데, 와보니 아현이 활짝 웃으면서 그에게 아까 있었던 이야기를 해주었다.

하지만 실장은 여전히 불안했다. 백정우가 이렇게 쉽게 물러설 사람이 아니었기 때문이었다. 확실해질 때까지 조심하는 게 최선이었다. 그러니 어서 안전한 곳으로 가 있기를 바랐다.

"정말 고마워요. 뭐라고 해야 할지……."

"그런 말은 계약 해지되고 나중에 해도 늦지 않아. 어여 가봐. 누가 보면 곤란하니까."

송아현은 머뭇거리다가 차에 올라탔다. 그리고 주차장을 나갔다.

자동차가 떠난 후에도 실장은 잠시 그 자리에서 그녀가 나간 자리를 바라보고 있었다. 아현을 기다리게 한 게 못내 마음에 걸렸는데, 이렇게 무사히 출발했으니 마음이 좀 놓였다.

그는 뒤돌아서 엘리베이터로 갔는데, 문이 열리자 절대

로 잊지 못할 얼굴 셋이 보였다. 백정우가 정말 더러운 일을 정리할 때 부르는 남자들이었다. 실장은 순간적으로 흠칫 놀랐지만, 모른 척하고 엘리베이터에 탔다.

다행스럽게도 그들은 자신을 알아보지 못한 듯했다. 그들은 앞으로 걸어갔고, 문은 닫히고 있었다.

실장이 안심하는 순간, 누군가의 손이 안으로 쑥 들어왔다.

"어이, 말 좀 물읍시다. 조금 전에 여기서 여자 한 명이 나갔을 것인데. 혹시 아남?"

"글쎄요. 저도 지금 도착해서요."

"아하, 그렇구만."

그 남자는 킥킥 웃으면서 뒤를 돌아보고는 이야기했다.

"하여간 요즘 새끼들은 꼭 말로 하면 알아 처먹지를 못한다니까. 안 그냐?"

남자들은 다시 엘리베이터 안으로 들어왔다. 그리고 문이 닫혔다.

* * *

삐리리릭.

벨 소리가 들리자 송아현은 깜짝 놀랐다. 지금 이 시각에

올 사람이 없어서였다. 하지만 인터폰을 통해 얼굴을 확인하고는 안도의 한숨을 내쉬었다. 실장의 얼굴이 보였기 때문이었다. 아마도 걱정이 되어서 왔을 거라 생각했다.

동생은 저녁때나 온다고 했으니, 아직 서너 시간이 더 있어야 했다. 그리고 이 집을 아는 사람은 몇 명 되지 않았다. 주소는 바뀐 지 얼마 되지 않았고, 회사 동료에게도 알려주지 않았으니까.

"괜찮다니까요. 굳이 오지 않아도……."

그런데 그녀가 막 문을 열려는데 밖에서 실장이 다급하게 외치는 소리가 들렸다.

"안 돼. 문 열지 마."

하지만 아현은 이미 문을 조금 연 상태였다. 갑자기 문이 벌컥 열리고 실장이 내동댕이쳐졌다. 그는 결박당한 상태로 마룻바닥에 뒹굴었다.

그리고 남자 셋이 안으로 들어왔다.

"누구… 누구세요?"

"우리? 그건 알 거 없고. 지금부터 대화를 좀 나눠야겠어. 아주 재미있는 대화가 될 거야."

남자 중 한 명이 건들거리면서 아현에게 다가왔다.

"아, 그리고 혹시나 해서 말해두는데, CCTV 다 손봐놨고, 근처에서 조금 큰 소리가 나도 밖에 있는 애들이 알아서 처리할 거거든? 그러니까 우리 일에만 집중하자고."

송아현은 부들부들 떨었고, 실장은 몸부림을 쳤다. 하지만 남자들의 발길질을 받았을 뿐이었다.

남자들은 점점 송아현에게 다가갔다.

송아현은 본능적으로 뒤로 물러섰지만, 아파트는 그리 넓지 않았다.

"걱정하지는 마라. 뭐 그리 오래 걸리지는 않을 테니까."

남자는 키득거리면서 말했는데, 곧바로 고개를 돌려 뒤를 돌아봐야 했다. 뒤에서 소리가 들렸기 때문이었다.

"그래? 그것참 다행이네. 나도 바쁜 사람이거든."

미스터 K는 가죽 장갑을 끼고 안으로 걸어 들어왔다.

남자들은 재빨리 자세를 잡고 경계했는데, 문밖으로도 사람의 모습이 보이는 듯했다.

"누구냐?"

"나? 그건 알 것 없고. 지금부터 얘기를 좀 빨리해야 할 것 같아. 내가 알아야 할 게 좀 있는데, 시간이 없어서 말이야."

미스터 K는 거침없이 남자들에게 다가왔다.

남자 한 명이 옆에서 달려들었지만, 기세만 좋았다.

스터 K는 아주 간결하고 빠른 움직임으로 그 녀석을 바닥에 눕혔다. 옆구리 쪽을 가격한 것 같았는데, 남자는 헉

소리와 함께 그 자리에 무너지듯 쓰러졌다.

남자들의 안색이 확 변했다. 상대가 보통 실력자가 아니었기 때문이었다. 실력이 모자란다고 해서 눈까지 낮은 건 아니었다. 셋이 모두 덤벼도 상대가 되지 않을 정도의 실력자. 게다가 밖에는 그의 동료들까지 있는 듯했다.

"아. 그리고 혹시나 해서 말해두는데, 인질은 잡아도 소용없어. 그리고 근처에서 아주 큰 소리가 나도 밖에서 알아서 처리하기로 했지. 그러니까 빨리 끝내자고. 이러다가 체육관까지 가면 너희만 피곤해지는 거야."

남자들은 체육관이 어떤 곳인지는 알지 못했지만, 그곳에 가면 어떻게 될 거라는 건 알 수 있었다. 미스터 K의 말에 남자들은 완전히 전의를 상실했다.

＊   ＊   ＊

"자료에 대해서는 잘 모른다고요?"

―그렇습니다. 이번 의뢰에 대한 것만 알았지 다른 것에 대해서는 전혀 모르더군요.

하기야 이번에 의뢰하면서 백정우가 사람들에게 자세한 이야기를 했을 리가 만무했다. 접대를 한 자료 같은 건 새어 나가기라도 하면 큰일이 날 테니 아주 깊숙이 감추어두었을 것이다.

"자료가 있어야 일망타진을 할 텐데……."

주혁은 처음에는 송아현을 구하고 백정우를 제거하는 것을 목표로 했다. 그런데 가만히 생각하니 그것만으로 끝낼 문제가 아니었다. 접대를 받은 놈들도 가만히 두어서는 안 되겠다는 생각이 들었다.

그래서 그들을 한꺼번에 엮을 방법을 모색했다. 가장 손 쉬운 방법은 접대 관련 자료를 찾는 거였다. 분명히 백정우 라면 어딘가에 자료를 만들어 두었을 게 뻔했다. 하지만 그 게 어디에 있는지는 알 수가 없었다.

송아현을 처치하러 온 사람들을 털어 보았지만, 나오는 건 아무것도 없었다.

그런데 미스터 K가 뜻밖의 말을 해왔다.

─잠시만요. 여기에 잡혀 온 실장이라는 사람이 있는데, 그 사람이 뭔가 알고 있다고 하는데요?

미스터 K가 전화하는 걸 듣고는 실장이라는 자가 말을 걸었다. 오래 심복으로 일했던 터라 실장이 알고 있는 건 무척 많았다. 그리고 접대조를 직접 관리했던 사람이지 않은가. 그가 따로 관리하고 있는 자료가 있었다.

"그래요?"

주혁은 기다리라고 하고는 송아현의 집으로 찾아갔다.

안에 들어가니 송아현이 깜짝 놀라면서 주혁을 보았다. 어째서 주혁이 여기에 온 것인가 어리둥절해하는 표정이었는데, 주혁은 신경 쓰지 않았다.

어차피 송아현은 다른 기억을 가지게 될 거였으니까.

주혁은 실장과 차분하게 이야기를 나누었다. 실장은 백정우가 자신까지 해치려 한 것에 충격을 받았는지 순순히 대답했다.

"그러니까 본인이 관리하는 자료는 가지고 올 수 있다 이거죠?"

"예, 그건 어렵지 않습니다. 하지만 백정우 대표가 가지고 있는 자료는 저로서는……."

백정우 대표의 자료는 자신의 아파트에 있다고 했다. 그런데 외부인은 아예 들어가지 못하게 하는 곳이라서 방법이 없다고 했다.

"가보기는 했구요?"

"대표님 따라서 서너 번 간 적이 있습니다. 가끔 같이 가서 일하는 거 도와드린 적이 있거든요. 자료는 안방에 있는 금고에 있습니다. 제가 직접 본 거니까 옮기지 않았다면 지금도 그대로 있을 겁니다."

애들이 미국에서 유학하고 있어서 집에는 아무도 없다고 했다.

모든 정보를 들은 주혁은 미스터 K와 상의했다.

"자료를 가지고 오는 것이 가능하겠습니까?"

"제가 한 이야기를 잊으셨나 보군요. 세상에는 두 가지 일이 있습니다."

그 이야기를 들으니 미스터 K가 한 말이 생각났다.

그가 말한 두 가지 일은 하기 어려운 일과 쉬운 일이었다.

그 이야기를 들으니 마음이 좀 놓였다.

주혁은 집으로 돌아와서 상자를 보았다. 아직도 숫자는 27. 처음에 207이라는 숫자가 나왔을 때는 공연히 너무 많이 나온 것이 아닌가 싶었는데, 이제는 그런 생각은 하지 않게 되었다. 비록 기억은 하지 않더라도 남자들은 자신이 지은 죄의 대가를 톡톡히 받고 있었다.

벌써 6개월가량을 매일같이 미스터 K에게 험한 꼴을 당하고 있었으니까. 그리고 며칠 더 당하게 한 후에 주혁은 자료를 빼 오라고 시켰다.

미스터 K는 확실히 실력이 좋았다. 정보를 제대로 주니 시간이 얼마 걸리지도 않아서 자료를 찾아왔다.

자료에는 제법 많은 사람의 명단이 들어 있었다. 그것도 상당한 고위직에 있는 사람들의 명단이.

이제는 백정우를 비롯해서 그 사람들이 당할 차례였다. 문제는 명단에 있는 자들이 너무 거물들이라서 모조리 잡아넣기가 만만치 않다는 점이었다. 아마도 이 일이 밝혀지면, 그자들은 무슨 수를 써서든 빠져나가려고 할 것이다.

"빠져나가게 둘 수는 없지. 이 기회에 이런 잘못된 관행은 아예 뿌리를 뽑아야 해."

주혁은 독하게 마음을 먹었다. 그리고 자료를 보강하기 시작했다. 어차피 자료를 보낼 곳은 생각해 두었다. 그들이라도 쉽게 건드릴 수 없는 힘이 있는 곳. 그리고 그들처럼 부패하지 않은 곳.

바로 황실이었다.

주혁은 황태자에게 자료를 보낼 생각이었다. 물론 황실이 무언가를 할 수 있는 건 아니다. 하지만 황실에서 언급했다는 것만으로도 이 사건은 쉽게 덮을 수 없을 것이다. 종종 황실에 그런 투서가 들어오는 일이 있었고, 그래서 해결된 사건도 있었다.

그러니 자료만 확실하다면 황실에 보내는 게 지금 상황에서는 가장 바른 판단이라고 생각되었다. 그리고 모든 자료가 구비되자 주혁은 사람을 시켜서 자료를 황태자에게 보냈다.

─이게 사실입니까. 이런 일이 정말 우리나라에서 일어

나고 있었단 말인가요?

"저도 믿고 싶지는 않지만 사실입니다."

자료를 본 황태자는 몹시 분개하고 있었다. 좀처럼 흥분하지 않는 사람이었지만, 도저히 참을 수가 없는 모양이었다.

황태자는 목청을 높여서 말했다.

―사실이라면 절대로 그냥 넘어갈 수 없는 일입니다. 하나도 빠짐없이 죄의 대가를 받게 하겠습니다. 한 명도 빠짐없이요.

*   *   *

엄청난 폭풍이 몰아쳤다. 신문과 방송, 정관계 고위 인사들이 줄줄이 검찰의 조사를 받았다. 너무나도 엄청난 일이라 사람들의 분노는 하늘을 찌를 듯했다.

"아니, 어떻게 모범을 보여야 할 사람들이 이럴 수가 있는 거죠? 하여간 이런 짓을 한 놈들은 거기를 그냥 콱."

윤미는 차를 타고 이동하는 내내 씩씩거렸다.

주혁과 장백은 자신들이 그런 것도 아닌데, 죄를 지은 것 같은 기분이 들었다. 그리고 그런 반응은 다른 사람들도 마찬가지였다. 사회 지도층의 도덕성 문제가 사람들의 입에

오르내렸다.

사실 어지간했으면, 사건이 대중에게 알려지지 않았을 수도 있었다. 명단에 들어 있는 당사자들은 충분히 그럴 만한 힘이 있었다. 언론과 정관계에 막강한 영향력을 가지고 있는 자들이었으니까. 그리고 원래는 그러려고 했었다.

하지만 문제는 황실이었다.

황실이 통치하지는 않는다고 하나, 황실의 말을 쉽게 생각할 수 있는 곳은 없었다. 제아무리 강한 파워를 가지고 있는 자라도 황실의 힘을 무시할 수는 없었다.

그래서 수사는 일사천리로 이루어졌다. 사람들은 퇴폐적이고 충격적인 사건의 실체를 듣게 되었고, 조사하는 족족 드러나는 사실에 치를 떨었다.

그러자 정부에서도 가만히 있을 수 없게 되었다.

대대적인 조사와 더불어 관련자 처벌에 박차를 가했다. 처음에는 그런 적이 없다며 발뺌을 했던 사람들도 이제는 체념하고 실력 있는 변호사를 선임했다. 자료가 너무 명확해서 어떻게 해볼 방법이 없어서였다.

한편 엔터하이는 완전 초상집이었다. 불공정한 계약서 문제까지 겹쳐서 완전히 악의 축으로 낙인찍혔다. 모기업인 MH 그룹에서는 백정우 대표가 개인적인 일이라고 선을 그었지만, 비난을 받는 건 어쩔 수 없었다.

"그놈을 당장 잡아와. 당장!"

조만해는 분노에 차서 마구 의자를 두들겼다.

형욱은 심각한 얼굴로 앉아 있었고, 창욱은 언제나 그렇듯이 무표정한 얼굴로 앉아 있었다.

그리고 오늘도 둘의 아버지이자 만해의 아들인 조기용의 모습은 보이지 않았다.

조만해의 목소리가 조금 줄어들자 형욱이 조용히 입을 열었다.

"이대로 있어서는 안 됩니다. 늦은 감이 있지만, 제가 특별법 제정을 추진하고 있습니다."

형욱은 실추된 이미지를 그대로 두었다가는 갈수록 문제가 커질 테니 나서서 수습해야 한다고 힘주어 말했다. 지금 사태와 그룹은 무관하지만, 그래도 책임 있는 자세를 보여주어야 한다는 거였다.

그러면서 창욱을 향해서 기업 차원에서도 국민이 이해할 만한 움직임을 보여야 하지 않겠느냐고 말했다.

창욱은 가만히 듣고 있다가 입을 열었다.

"엔터하이에서는 발을 빼고 있습니다. 지금 상태에서 가지고 있어봐야 기업에 득이 될 게 없으니까요."

창욱은 MH 그룹과 엔터하이의 관계를 정리해 버리겠다고 했다. 그러면서 당분간은 엔터테인먼트 사업에서 발을 빼는 편이 좋겠다고 말했다.

"그리고 백정우는 지금 찾고 있는데, 쉽지는 않을 것 같습니다. 이미 밀항을 했다는 소문도 있구요."

백정우는 사건이 터지자마자 곧바로 잠수를 탔다. 한국에 있었다가는 살아남지 못하리라는 걸 직감했기 때문이었다. 모기업의 조창욱이 문제가 아니었다. 명단에 있는 사람들 중에 마음만 먹으면 자신을 없앨 수 있는 사람이 수두룩했으니까.

그래서 어떻게든 외국으로 도피하기 위해서 노력 중이었다. 실제로 명단에 있는 사람 중 일부는 백정우에게 현상금을 걸기도 했다.

하지만 그렇게 모두가 백정우를 찾고 있었지만, 그의 위치는 오리무중이었다.

조만해는 화를 삭이고 손자 둘을 쳐다보았다. 그래도 이 녀석들이 있어서 가문의 미래가 어둡지만은 않다는 생각이 들었다.

"그 정도 가지고 실추된 이미지가 다시 올라갈 것 같으냐. 하고도 욕먹을 짓을 왜 해? 가만히 있으려면 아예 쥐 죽은 듯 있고, 움직이려면 확실하게 움직여야지."

만해는 몇 가지 지시 사항을 내렸다. 사람들이 생각지도 못할 정도로 큰 금액을 여성 복지 사업에 기부하고, 이번

사건의 피해자를 돕는 데도 사용하라라고 했다.

"대신 확실하게 해야 한다. 그룹과는 관계가 없지만, 도의적인 차원에서 할 수 있는 모든 걸 하는 거라는 사실을."

창욱과 형욱은 고개를 끄덕였다.

창욱은 속으로는 무척 긴장하고 있었다. 엔터하이는 자신과 무관하지 않기 때문이었다. 그나마 다행스러운 점은 아토 엔터테인먼트의 인수가 불발로 끝난 이후로는 다른 사업에만 집중했다는 점이었다.

그리고 자신이 새로운 성장 동력으로 생각하고 일을 벌인 태양광 산업에서 꽤 성과가 있었다. 그런 사실을 알고 있는 조만해였기 때문에 창욱에게 별다른 질책을 하지 않은 거였다.

'그런데 도대체 이놈은 어디로 숨은 거지?'

창욱은 백정우의 행방이 궁금했다. 그리고 만약 잡힌다면 차라리 자살하는 편이 나을 거라는 생각이 들도록 해주겠다고 다짐했다.

*　　　*　　　*

"이제 어떻게 할 생각입니까?"

"제가 모아놓은 돈으로 조그마한 사무실을 하나 열려고

요. 할 줄 아는 게 뭐 있어야지요. 배운 거라고는 이 짓밖에
는 없어서."

실장은 송아현의 손을 잡고 말했다.

미스터 K는 고개를 끄덕였다.

그러면서 둘은 조만간 식을 올릴 예정이니 꼭 참석해 달
라고 말했다.

"시간이 된다면 참석하도록 하죠. 그럼 저는 이만."

미스터 K는 송아현의 아파트에서 나와 밖에 세워놓은 차
에 탔다.

자동차의 보조석에는 주혁이 앉아 있었다. 미스터 K는
들은 이야기를 그대로 전달했다.

"잘됐군요. 이제부터는 둘이서 헤쳐 나가는 일만 남았네
요."

"아마도 잘될 것 같지는 않습니다. 그래도 욕심은 별로
없는 자라서 큰 손해는 보지 않을 것 같습니다. 사무실도
외곽에 있는 아주 작은 데로 얻었더군요."

주혁은 빙긋 웃었다.

"행복하게 살 테니 그걸로 된 거죠. 나중에 결혼식이나
가봐야겠네요. 그리고 백정우 일은 잘 마무리되었나요?"

"잘 마무리되었습니다. 이제 한국에서 그를 볼 일은 없을
겁니다."

주혁은 고개를 끄덕이며 핸드폰을 보았다. 명단에 있던 사람들이 구속되었다는 기사가 연이어 올라오고 있었다. 고개를 푹 숙인 모습의 사진이 보였는데, 하나도 불쌍하다는 느낌이 들지 않았다.

"자업자득이지, 자업자득."

둘이 이야기하고 있는 시각.

백정우는 밀항선을 타고 가는 중이었다. 그런데 잠에서 깨어보니 손과 입이 묶여 있었다. 그는 몸부림을 쳐 봤지만, 소용없었다.

"그런데 도대체 백정우는 어디로 보낸 겁니까?"

"굳이 아셔야 하겠습니까? 모르시는 편이 더 좋을 수도 있습니다만."

주혁은 알고 싶다고 말했다. 미스터 K는 잠시 머뭇거리다가 대답했는데, 그가 이야기한 장소는 전혀 뜻밖의 곳이었다.

"남미에 있는 마약 농장에 보냈습니다. 평생 일하면서 지내야 할 겁니다. 빠져나올 수 없는 건 물론이구요."

미스터 K는 담담하게 말했다. 어지간해서는 보내지 않는 곳이다. 정말 악질이고 용서할 수 없는 자들만 보내는 곳이 그곳이었다. 정말 노예와 같은 생활을 해야 하는 그런 곳이었다. 미스터 K는 혹시 인권 같은 문제가 걸리는 거냐고 물었다.

주혁은 천천히 고개를 가로저었다. 물론 인권은 중요하고, 법은 준수해야 한다고 생각하고 있었다. 하지만 그런 자들은 인권과 법의 보호를 받을 자격조차 없는 자들이라는 생각이었다.

"하긴 살인 청부가 이번이 처음도 아니었으니……."

주혁은 그들이 한 짓을 생각하니 그 정도도 과분하다는 생각이 들었다.

백정우는 계속해서 몸부림치다가 무언가 걸리는 게 있어서 뒤를 돌아보았다. 거기에는 자신이 의뢰했던 남자 셋이 자신과 똑같이 손과 입이 묶인 채 기절해 있었다. 그들은 어디로 가는지도 모른 채 불안한 마음으로 배 안에 묶여 있었다.

CHAPTER **38**
여유

송아현은 다시 연기를 시작했다. 여전히 단역이었고, 길거리를 지나가도 알아보는 사람이 없다는 건 같았다. 하지만 작은 변화가 있었다. 바로 환한 표정. 그녀는 모르는 사람이 보아도 확연히 알 수 있을 정도로 행복한 얼굴을 하고 있었다.

그리고 주변 사람들과도 잘 어울렸다. 예전에는 다른 사람들과는 이야기도 잘 하지 않으려고 했었는데, 이제는 같이 어울려 다니기도 했다. 그리고 가장 좋은 점은 연기가 무척 좋아졌다는 점이었다.

그전에는 맡은 배역 안으로 깊이 들어가지 못하고 겉도는 느낌이 강했다. 그래서 그냥 어디선가 본 듯한 그런 연기를 했었다. 그런데 이제는 맡은 배역을 이해하고 자신의 것으로 소화하기 시작하는 게 보였다.

그래서 같은 궁녀들 사이에 있어도 보고 있으면 눈에 잘 들어왔다. 단역이 다 거기서 거기지 무슨 차이가 있느냐고 말하는 사람도 있겠지만, 모르는 말씀이다. 그런 작은 차이를 누군가는 알아본다.

특히나 연출하는 사람 중에는 그런 부분에 굉장히 예민한 사람들이 많다. 그런 사람의 눈에는 그런 작은 차이가 아주 뚜렷하게 보인다. 그런 게 쌓이면, 그 배우에게 기회가 오는 것이다.

주혁도 처음에 그러지 않았던가. 대사도 없는 역할. 그저 강물에 빠지고, 난간에서 뛰어내리는 장면을 하면서도 감독의 눈에 들었기 때문에 새로운 기회를 잡을 수 있었다. 주혁은 송아현도 그러길 진심으로 바랐다.

"포텐이 터질 때가 되어서 그런 걸지도 모르고."

주혁은 익산으로 향하는 차 안에서 중얼거렸다. 아주 작은 소리로 중얼거렸는데, 코디네이터인 윤미가 그걸 들은 모양이었다. 호기심 많고 연예계 이야기를 좋아하는 그녀가 그냥 넘어갈 리가 있겠는가. 곧바로 질문이 쳐들어왔다.

"뭐가요?"

"어, 아니야. 그냥 아는 사람이 연기가 좀 좋아져서."

주혁은 빙긋 웃으면서 대답했다. 윤미는 새로 주목할 만한 신인 배우가 나온 것이냐면서 물었지만, 주혁은 그냥 미소만 보여줄 뿐이었다. 윤미는 잠시 관심을 보이고 이것저것 물어보다가 대답이 없자 이내 조용해졌다.

주혁은 창밖을 바라보았다. 도로 양옆으로 넓은 논밭이 계속 이어지고 있었고, 드문드문 서 있는 낮은 산들이 옅은 초록색으로 뒤덮여 있었다. 이제는 봄기운이 완연했다.

"확실히 시골 풍경이 정겹기는 하네."

주혁은 시골이라는 말이 주는 느낌이 좋았다. 서울에서 나고 자랐지만, 방학 때 놀러 갔던 할머니 댁에서의 추억 때문에 그럴지도 몰랐다. 굉장히 푸근하고 편안해지는 그런 느낌이었다.

지금까지는 이런 풍경을 자주 접할 수가 없었다. 보통 드라마나 영화를 찍으면 지방으로도 많이 돌아다니는데, 유독 주혁이 하는 작품은 그런 경우가 별로 없었다. 그것도 별난 일이라면 별난 일이라고 할 수 있었다.

커피 프린스이나 네오하트는 대부분 서울과 경기도에서 촬영했다. 영화는 영화다는 주로 인천과 서울에서, 과속 스캔들도 서울과 경기도에서 대부분의 장면을 촬영했다. 그

렿게 전에 찍었던 작품은 대부분 수도권을 벗어나지 못했다.

하지만 전우치는 정말 전국을 돌아다니면서 찍고 있었다. 이번 일정만 봐도 그렇다. 익산에 갔다가 대구와 전주에서 촬영이 계획되어 있었다. 그리고 그다음은 합천. 본래 영화를 찍으면 이런 게 정상이라고 할 수 있었지만, 주혁은 이런 경험이 처음이었다.

'그나저나 이제 동전이 달랑 하나 남았네.'

후회하지는 않는다. 당연한 일을 했고, 만약 동전을 사용하지 않았다면 두고두고 후회했을 것이다. 물론 주혁이 모든 사람을 구할 수는 없는 일이다. 그럴 생각도 없었고, 그렇게 할 수도 없다.

하지만 자신에게 어떤 문제가 닥쳐 왔을 때, 자신이 옳다고 생각하는 건 주저하지 않고 할 용기는 있었다. 이번만 해도 그렇다. 만약에 동전을 사용하지 않았다면 평생 어떤 마음으로 살아가겠는가.

지금 송아현이 밝은 표정으로 살아 있는 것. 그리고 비슷한 처지에 있었던 사람들이 이제는 모두 자신의 갈 길을 가게 되었다는 사실. 그리고 그런 짓거리를 한 놈들은 모조리 벌을 받았다는 점에 주혁은 만족했다.

다른 사실보다 그동안 상처받았던 사람들의 표정에 웃음

이 돌아왔다는 것만으로도 충분한 가치가 있다고 생각했다.

'그런데 이 녀석은 왜 아직도 말을 하지 않는 거지? 서너 달이면 된다고 하더니만, 벌써 반년이 되어 가는데.'

주혁은 예상보다 늦어지는 것에 다소 불안감을 느끼기는 했지만, 긍정적으로 생각하기로 했다. 무언가 찾을 게 있으니까 시간이 늦어지는 거라고. 그런 생각을 하는 사이에 차는 목적지에 도착했다. 눈앞에 보이는 건 원광대학교 박물관이었다.

박물관에서의 촬영은 특별한 문제 없이 진행되었다. 능청스러운 연기야 이제 몸에 익을 만큼 익었고, 오늘따라 몸놀림마저 가볍고 경쾌했다.

"주혁 씨, 오늘 컨디션 좋은 것 같은데?"

"그러게요. 몸이 가볍네요. 하루 푹 쉬어서 그런가?"

배우라고 항상 같은 컨디션일 수는 없다. 울적한 날도 있고, 이상하게 실수를 많이 하는 날도 있는 법이다. 그리고 아주 드물기는 하지만 촬영이 아주 잘되는 날도 분명히 있다. 바로 오늘 같은 날이다.

주혁은 연기와 액션 모두에서 제 몫 이상을 해내고 있었다. 신선 역할을 맡은 세 명의 선배 배우들의 캐릭터가 조금 강한 편이라 잘못하면 정리되지 않은 느낌이 날 수도 있었다. 각자 캐릭터가 따로 노는 그런 경우가 되는 것이다.

맛있는 재료를 사용하는 것이 물론 좋다. 향도 좋고, 맛도 있으니까. 하지만 그것들이 조화를 이루지 못하고 따로 놀게 되면 음식이라고 할 수 없는 게 되어버린다. 그래서 여기서 주혁의 역할이 빛나는 거였다.

감독은 타짜를 찍을 때 생각이 났다. 그 당시에도 얼마나 캐릭터가 강했는가. 평 경장, 정 마담, 짝귀. 그 외에도 캐릭터들이 엄청나게 강했었다. 그런데도 좋은 영화가 될 수 있었던 건 주인공인 고니의 역할이 컸다.

고니를 중심으로 모든 캐릭터가 잘 버무려져서 기가 막힌 영화가 된 거였다. 그리고 지금도 비슷한 양상을 보이고 있었다. 주혁이 중심을 확실하게 잡고 있으니까 다른 캐릭터들이 더 입체적으로 보였다.

'주인공이 메인 역할을 확실하게 해주니까 조연들의 풍미가 더 짙어지는 거지.'

지동훈 감독은 자신은 굉장한 행운아라는 생각을 했다. 찍는 영화마다 주연배우가 엄청난 능력을 보여주니 영화 찍을 맛이 났다. 게다가 주혁은 연기만이 아니라 액션도 최고였다.

"자, 그럼 점프 장면으로 갑니다."

감독은 이번에도 과연 주혁이 놀라운 능력을 발휘할 것

인지 기대가 되었다. 박물관에서 요괴들에게 쫓기다가 아래로 떨어지는 장면이었는데, 대략 5층 정도의 높이였다. 와이어를 달고 뛰는 것이긴 했지만, 생동감을 잘 살릴 수 있을지가 걱정되었다.

찍어 보니 예상대로 만만치가 않았다. 감독은 정말 높은 곳에서 떨어지는 것 같은 느낌을 원했는데, 그 느낌이 잘 살지 않았다. 아무래도 와이어를 달고 뛰다 보니까 떨어지는 속도가 느려서 그랬다.

화면 속도를 조금 조절하면 되지 않을까 했는데, 그것도 영 아니었다. 그렇게 하면 속도는 괜찮았는데, 느낌은 전혀 아니었다. 옷의 펄럭임이라든가 하는 미묘한 부분 때문에 가짜라는 티가 확 났다.

"주혁 씨, 어때?"

"이렇게 하면 안되겠는데요? 느낌이 하나도 살지를 않네요."

주혁은 감독과 심각하게 상의했다. 박물관에 와서 처음으로 촬영이 지연되고 있었다. 그리고 상의한 결과 이대로는 찍어봐야 소용없다고 판단했다. 그래서 바닥에 에어 매트를 깔고 그냥 뛰어내리기로 했다.

"괜찮을까? 안전장치가 있기는 해도 높은 데서 뛰어내리는 게 보통 일은 아닌데."

와이어를 하고 뛰는 것이긴 했지만, 만만치 않은 일이다. 속도감을 제대로 내기 위해서 최대한 제동을 늦게 하기로 했으니까. 5층 높이에서 번지 점프를 하는데, 사람들이 보고 있다가 아슬아슬한 순간에 제동하는 거로 생각하면 되었다.

사람들은 잔뜩 긴장한 채로 촬영에 들어갔다. 바닥에 커다란 에어 매트가 있기는 했지만, 조금만 늦게 제동해도 위험할 수도 있는 일이었다. 하지만 너무 일찍 줄을 당겨서 떨어지는 속도가 줄게 되면, 촬영을 다시 해야 했다.

"확실히 팔 동작도 중요하네요. 여기 보니까 바람을 적당히 맞아서 소매나 옷이 펄럭이는 게 훨씬 좋겠어요."

"맞아, 그게 중요하지. 그래야 진짜 뛰어내리는 느낌이 사는 거니까."

감독은 주혁이 모니터링을 하는 걸 보고 크게 걱정하지 않았다. 화면을 보고 집어내는 걸 보니 이제 곧 오케이가 나올 만한 장면을 보여줄 것 같았다. 확실히 머리가 좋고 센스가 있는 배우였다.

이런 배우랑 일하면 정말 편하다. 감독이 원하는 걸 말만 하면 알아서 다 해주니까. 지동훈 감독은 주혁이 연출이나 제작을 해도 잘할 거라는 생각이 들었다. 감각도 있었고, 포인트를 잡아내는 능력도 있었으니까.

이야기를 마친 주혁은 계단을 걸어 올라가서 와이어를 묶었다. 그리고 몸을 풀었다. 그리고 같이 뛰어내리는 사람들과 이야기를 나누면서 이번에는 오케이를 받자며 파이팅을 외쳤다. 그는 영상을 보고는 대충 감을 잡은 후였다. 어떻게 하면 되겠다는 걸 알 수 있었다.

"액션."

감독이 마이크에 대고는 소리쳤다. 주혁이 가장 먼저 움직였고, 그의 움직임을 보고 있던 두 배우가 따라 움직였다. 이미 수차례 연습과 실전을 해서 타이밍은 정확하게 맞았다. 위험한 촬영이라 다들 집중한 상태여서 실수는 없었다.

주혁은 가벼운 몸놀림으로 아래로 뛰어내렸다. 그의 몸을 감싸고 있었던 옷이 펄럭이면서 마구 나부꼈다. 그리고 에어매트에 떨어지면서 주혁은 주먹을 꽉 쥐었다. 느낌이 온 거였다.

"어때요?"

"잠깐만. 같이 확인해 보자고."

이런 장면은 다이빙 경기를 보는 것과 비슷하다. 정말 떨어지는 건 순식간이었다. 잘 보이지도 않는다. 천천히 여러 각도에서 보여주어야 얼마나 멋진 자세를 하고 떨어지는지 알 수 있다.

그리고 주혁은 알 수 있었다. 다이빙 선수가 뛰고 나서 자신의 자세가 어땠는지 아는 것처럼 이번에 정말 좋은 장면이 나올 것이라는 사실을 알 수 있었다.

"오~ 좋은데?"

감독의 입에서 처음으로 감탄이 나왔다. 주혁이 보기에도 확실히 느낌이 있었다. 공중에서의 자세나 움직임 모두 만족스러웠다. 게다가 옷자락이 펄럭이는 것까지도 분위기를 좋게 만들고 있었다.

사람들이 서로의 얼굴을 쳐다보면서 고개를 살짝 끄덕였다. 충분히 만족할 만한 장면이 나온 것이다. 감독은 혹시 모르니 몇 테이크 더 가보자고 이야기했지만, 결국 방금 찍은 장면을 사용했다. 그만큼 멋진 장면이었다.

*   *   *

주혁이 소리를 들은 건 숙소에서 잠을 청하기 직전이었다. 자리에 누우려다가 갑자기 들려온 소리에 자리에서 벌떡 일어났다.

[이봐, 오래 기다렸지?]

[동전은 찾았어?]

주혁은 대뜸 동전부터 물어봤다. 동전의 유무가 지금으

로써는 상당히 중요했으니까. 그리고 상자의 대답은 아주 고무적이었다.

[니미. 갖은 고생을 하고 왔는데 한다는 소리가 고작 그거야? 수고했다는 소리부터 해야 하는 거 아닌가? 인간이 예의는 밥을 말아 먹었나.]

주혁은 갑자기 멍해졌다. 느낌은 비슷했다. 싸가지 없고 재수 없는 저 느낌. 비슷하긴 했는데, 다만 말투가 약간 현대적으로 바뀌었다. 조선 시대 싸가지가 현대 싸가지로 바뀐 그런 느낌이었다.

[물론 수고한 거 잘 알지. 너무 오래 기다려서 궁금해서 그런 거야. 그런데 정말 왜 이렇게 오래 걸렸어? 전에 이야기했던 것보다 오래 걸렸잖아.]

[커흠, 그… 그건 예상보다 찾기가 어려워서 그랬다. 아무튼, 이번에는 그냥 넘어가도록 하지.]

주혁은 상자가 동전을 찾았다는 걸 직감했다. 정말 서너 개만 더 있어도 마음이 훨씬 편할 것 같았다. 하지만 상자가 한 이야기는 놀라웠다.

[동전은 모두 열두 개가 있다. 일곱 개짜리 상자가 하나. 다섯 개짜리 상자가 하나.]

[열두 개나?]

주혁은 동전의 수가 생각보다 많아서 깜짝 놀랐다. 열두 개라니. 생각한 것보다 훨씬 많은 숫자가 아닌가.

[혹시 상자를 가지고 있는 사람들은 동전을 몇 개나 가지고 있는지 알 수는 없나?]

[내가 얘기했잖아. 그건 알 수가 없다고. 하여간 기억력은 붕어 수준이라니까.]

혹시나 해서 물어보았는데, 역시나 상자는 지랄 맞았다. 하지만 그래도 좋았다. 동전이 열두 개나 있다니. 주혁은 상자에게서 동전이 어디에 있는지 들었다. 하지만 문제가 있었다.

"외국에 있으니 내가 지금 그걸 찾으러 가기도 뭐하네……."

당장 찾으러 가고 싶었지만, 그럴 수가 없었다. 주혁은 잠시 고민하다가 좋은 생각이 떠올랐다. 동전 이야기를 할 수도 있고, 자신이 부려먹을 수 있는 그런 사람이 떠올랐다. 돈 많은 심부름꾼 친구가.

*   *   *

윌리엄 바사드. 세계 경제계에서 그가 차지하고 있는 무게는 절대 가볍지 않다. 하지만 일반인에게는 이름이 알려져 있지 않은 자. 거대한 자본을 움직이는 그를 아는 사람은 대부분 경제계의 최상위층에 있는 자들이다.

세계적인 규모의 은행이나 투자회사나 굵직굵직한 글로벌 기업의 임원 정도는 되어야 그와 안면을 틀 수 있다. 그리고 주요 국가의 경제 관료 중에서도 장차관급은 되어야 그를 만날 자격이 된다.

윌리엄 바사드의 위상은 리먼 사태 이후로 더욱 커졌다. 그때까지는 로저 페이튼 회장에게 밀린다는 게 정설이었지만, 리먼 사태를 기점으로 완전히 역전되었다. 윌리엄 바사드는 엄청난 이익을 거둔 반면, 로저 페이튼은 상당한 손해를 보았기 때문이었다.

당연히 그를 찾는 사람들이 많아졌고, 덕분에 아주 빡빡한 일정을 소화하고 있었다. 사람들을 만나는 건 굉장히 중요한 일이었으니까. 개인의 능력으로 일하는 건 실무자 때면 끝이다. 그 이후는 네트워크가 훨씬 중요하게 된다.

돈을 버는 것과 번 돈을 지키는 것. 누구나 하고 싶어 하지만, 쉽지 않은 일이다. 금액이 크면 클수록 더욱 어려워진다. 그래서 돈을 벌고 그것을 지키기 위해서는 인맥 관리에 엄청난 노력을 기울여야 한다.

작은 동호회에서 회장을 하더라도 엄청나게 바쁘지 않은가. 만날 사람도 많고, 일도 많다. 그런데 전 세계 경제계를 상대로 일을 벌이는 사람이니 오죽하겠는가. 전 세계를 돌아다니면서 사람 만나는 것만으로도 시간이 모자랄 지경이었다.

정말로 아침은 도쿄에서, 점심은 상해에서, 저녁은 런던에서 먹어야 하는 경우도 있다. 그리고 오늘은 세계적인 금융회사인 JP 모건의 회장과 식사를 하고 있었다.

회장은 원래 로저 페이튼과 더 각별한 사이였는데, 리먼 사태를 계기로 윌리엄 바사드에게도 손을 내밀었다. 그들은 흐름에 역행하는 건 파멸이라는 걸 누구보다도 잘 알고 있는 사람들이었다. 세계 4위의 투자 은행인 리먼 브러더스도 그래서 망한 것이 아니던가.

JP 모건의 회장은 시종일관 정중한 태도로 대화를 나누었다. 그리고 윌리엄 바사드는 당연하다는 태도로 회장을 대했다. 식사를 마치고 차를 마시면서 담소를 나누고 있는데, 수행 비서가 윌리엄에게 다가와 무언가를 속삭였다.

입가에 잔잔한 미소를 띠고 있던 윌리엄 바사드는 이야기를 듣고는 살짝 긴장한 표정이 되었다. 그리고 일어서서는 JP 모건의 회장에게 양해를 구했다.

"잠시 자리를 비워야겠군요. 급한 일이 생겨서요."

"저는 괜찮습니다. 다녀오시지요."

무시당하는 것 같아서 기분은 썩 좋지 않았지만, JP 모건의 회장은 속내를 감추고는 웃으면서 대답했다. 하지만 윌리엄 바사드가 밖으로 나가자 표정이 바뀌면서 냅킨을 집어 던졌다.

밖으로 나간 윌리엄 바사드는 비서가 건넨 핸드폰을 받았다.

"윌리엄입니다, 마스터. 전화 바꿨습니다."

—아, 부탁할 게 좀 있어서 전화를 했네.

윌리엄은 고개를 살짝 갸웃거렸다. 어지간한 일은 바사드 투자회사에서 처리할 수 있을 텐데 자신에게까지 직접 전화를 한 걸 보니 보통 일은 아니겠다 싶었다.

—혹시 주변에 사람이 있으면 물리는 편이 좋을 거야. 동전에 관한 이야기이니까.

윌리엄은 깜짝 놀라서 곁에 있던 사람들에게 잠시 나가 있으라고 말했다. 그리고 의자에 앉아서 계속 통화했다.

"모두 물렸습니다. 이야기하시지요."

—자네가 동전을 좀 찾아줘야겠어. 내가 동전이 있는 위치는 알려줄 테니 확보해서 나에게 보내줬으면 하는데…….

주혁의 말에 윌리엄은 바로 대답하지 못하고 잠시 생각에 잠겼다. 동전이 있는 곳을 알면 직접 챙기면 될 텐데 굳이 왜 자신에게 시키는 것인지 궁금했기 때문이었다.

'정체가 드러나는 걸 걱정해서인가?'

이유는 알 수 없었지만, 거절할 수는 없었다. 윌리엄 바사드는 지금의 위치를 유지하려면 주혁의 도움이 절실했다. 지금 만나고 있는 JP 모건의 회장 따위와는 비교할 수도 없이 중요한 사람이 바로 주혁이었다.

나름대로 인맥을 관리할 때 우선순위를 부여한다. 주혁은 우선순위에 포함되어 있지 않았다. 우선순위에 넣을 필요가 없는 인물이었으니까. 무조건 0순위였다. 그를 놓치면 자신의 자리도 날아간다고 봐야 했다. 윌리엄은 생각을 마치고 입을 열었다.

"말씀해 주시면 제가 최대한 빨리 확보해서 보내드리겠습니다."

─동전은 두 곳에 있지. 하나는 페루, 다른 하나는 스페인에 있는데…….

윌리엄은 주혁이 말한 위치를 받아 적었다. 기록하면서 그는 동전이 모두 열두 개나 된다는 사실에 놀랐다. 그리고 그런 정보를 가지고 있는 주혁에 대해서도 놀랐고.

'이런 능력이 있으니까 로저 페이튼 회장이 꼼짝도 못 하고 당한 거였구나.'

동전이 몇 개나 되는지 알 수는 없지만, 이런 식으로 동전을 보충할 수 있다면 그 누가 주혁을 감당할 수 있겠는가. 그러면서 혹시 지금 자신을 시험하고 있는 게 아닌가 하는 생각마저 들었다. 그렇지 않다면 굳이 자신을 시킬 이유가 없지 않은가.

어떤 이유가 있든, 시험을 하는 것이든 그는 움직여야만 했다. 윌리엄은 일정을 모두 취소하고 동전부터 확보하기로 마음먹었다. 은행장이나 장관을 만나는 일보다 주혁이 훨씬 중요했다. 그러니 당연히 동전부터 찾아야 했다.

―제가 최대한 빨리 확보해서 보내 드리겠습니다.

"그래 주면 고맙겠군. 그럼 수고하게."

주혁은 통화를 마치고 한결 가벼운 마음이 되었다. 자신이 움직이는 것보다 윌리엄이 움직이는 게 동전을 찾는 데도 더 쉬울 것이다. 자금력도 있고, 인맥도 넓으니까. 거기다가 말하는 투로 봐서는 지금 당장 동전을 찾으러 갈 기세였다.

"하긴 동전이 얼마나 중요한 건지 잘 아는 친구니까."

주혁은 통화를 마치고 밖으로 나왔다. 대구와 전주에서의 촬영을 마치고 지금은 합천에 있는 영상테마파크에 와있었다. 아직은 촬영 준비가 한창이었고, 촬영에 들어가려면 제법 시간이 필요했다.

주혁은 몸을 풀면서 봉술 연습을 했다. 오늘은 정말 제대로 된 액션을 하는 날이었다. 이곳에서 요괴 둘과 한판 붙는 장면을 촬영하는 날이었으니까. 그리고 아주 흥미로운 작업도 예정되어 있었다.

주혁은 연습을 하다 보니 점점 심취해서 거의 무아지경에서 움직였다. 봉이 바람을 가르고 주혁은 허공을 걷는 것같이 움직였다. 처음에는 외진 곳에서 연습하는 거라서 사람들이 잘 몰랐는데, 사람들이 점차 몰려들었다.

자신도 모르게 모여든 거였다. 처음에는 그냥 잠깐 구경한다고 했는데, 어느새 주혁의 무술을 보고는 빠져들어서 죽치고 구경하게 되었고, 사람이 몰려 있는 걸 보고 또 사람이 왔다가 주저앉았다. 그래서 주혁의 주면에는 제법 많은 사람이 몰려 있었다.

마치 중국 무술 영화에 나오는 장면을 보는 것 같았다. 아니, 훨씬 박력 있으면서도 멋들어진 광경이었다. 부드럽게 움직이다가 팔을 쭉 뻗을 때는 간결하고 힘이 있었다. 부드러운 가운데 절도가 있어서 잘 모르는 사람이 보기에도 눈이 휘둥그레질 정도였다.

움직임이 현란하고 동작도 큼직큼직해서 보는 맛이 있었다. 점프도 아주 높았고, 내뻗는 동작은 빠르고 힘찼다. 마치 다리에 스프링이 달린 것처럼 탄력이 있었다.

주혁의 연습을 구경하던 남자들은 모두 팔과 어깨에 힘이 들어갔다. 자신도 움직이면 저렇게 할 수 있을 것 같은 기분이 들어서였다. 물론 실제로 해보면 금방 실망할 테지만.

"일들 안 하고 여기서 뭐해? 어여 준비들 하라고."

누군가의 목소리에 사람들은 화들짝 놀라면서 사방으로 흩어졌다. 주혁도 숨을 고르면서 연습하던 걸 멈추었다. 감독이 손뼉을 치면서 다가와서는 이야기를 건넸다.

"아니, 그렇게 움직이고도 이따가 할 수 있겠어? 지금처럼만 해주면 딱 좋겠는데."

"이따가 잘하려고 지금 연습하는 건데요. 당연히 이따가는 더 잘해야죠."

"히야, 젊은 게 좋긴 하다. 나는 이렇게 하고 나면 그날은 쉬어야 할 거야."

감독은 크게 웃으면서 주혁의 어깨를 두드렸다. 요즘만 같으면 뭐가 걱정이겠는가. CG 팀 작업물도 아주 만족스러웠고, 배우들도 마찬가지였다. 연기면 연기, 액션이면 액션. 정말 저절로 흥이 나서 작업을 하고 있었다.

그리고 그런 상황은 날이 어둑어둑해지고 촬영이 시작되었을 때 진가를 발휘했다.

"오케이. 좋았어요."

주혁은 와이어를 풀면서 사람들에게 수고했다며 인사를 했다. 주혁은 이제 와이어와 거의 한 몸처럼 움직였다. 그리고 무술 팀과도 호흡이 척척 맞았다.

"움직이는 게 확실히 다르네요?"

"운동신경이 좋으니까 확 티가 나잖아. 벌써 점프하는 높이만 봐도 그렇지."

처음 참가한 사람이 신기하다는 듯 중얼거리자 무술 팀 사람들이 한마디씩 했다. 주혁의 와이어를 당길 때는 보통 사람들하고는 타이밍이나 그런 게 다르다고. 초짜가 보기에도 확실히 다르긴 달랐다.

덕분에 죽어나가는 건 상대 배우들이었다. 그들도 분명히 잘하고 있었는데, 주혁에 비해서 뭔가 부족한 느낌이 들었다. 그래서 액션 장면의 촬영이 길어지는 경우가 허다했다. 그래서 어지간한 장면은 대역을 썼다.

얼굴이 확 드러나는 장면을 제외하고는 모두 전문가가 대역을 했는데, 그 전문가들도 주혁의 움직임을 보고는 혀를 내둘렀다.

"저런 배우만 있으면 우리는 굶어 죽어야겠어요. 저보다 나은데요?"

한 명이 와이어를 풀면서 허탈하게 말했다. 옆에 있던 사람도 비슷한 표정이었다.

"저 친구가 특별한 거야. 사람들도 다 그러잖아. 대체가 불가능한 배우라고."

"하긴 사기예요, 사기. 아니, 연기도 잘하면서 몸까지 이렇게 잘 쓰는 게 어디 있어요?"

그러자 와이어를 풀어주던 무술 팀 사람이 피식 웃으면서 말을 덧붙였다.

"주혁 씨 몸까지 보면 기절하겠네요. 내가 장담하는데, 주혁 씨 웃통 벗기고 아무거나 찍어도 흥행은 성공할 거예요. 내가 그렇게 근육 예쁘게 갈라진 사람 처음 본다니까요."

무술 팀 사람들은 그 사람의 말에 전부 동의했다. 같이 샤워하면서 주혁의 몸을 본 적이 있어서였다. 사람들은 그때 이야기를 하면서 웃어댔다.

"우리가 어디 가서 몸으로 꿀리는 사람들인가? 그래서 처음에는 당당하게 들어갔지. 그리고 주혁 씨는 설마 배우인데 몸이 그렇게 좋을 거라고 누가 생각했겠어."

그런데 다들 주혁의 몸을 보고는 입이 떡 벌어졌다. 전신의 근육이 예술품을 보는 것 같았다. 오밀조밀하면서도 섬세하게 나눠진 근육이 멋진 얼굴과 더해지니 다비드상은 저리 가라였다.

"그래서 다들 후딱 씻고 나왔잖아. 나도 어지간해서는 안 그러는데, 정말 주혁 씨 옆에 있으니까 기가 죽더라고."

그 말에 사람들이 다 같이 웃었다. 하지만 잡담은 길게 이어지지 못했다. 다음 촬영 준비 때문이었다.

"그런데 다음 촬영은 좀 재미있을 것 같지 않아?"

"보는 사람이야 재미있을 것 같은데, 주혁 씨는 좀 고생하겠던데?"

사람들이 이야기하는 다음 장면은 전우치가 분신술을 사용하는 장면이었다. 전우치가 여러 명으로 나누어져서 움직이는 걸 주혁 혼자서 촬영하는 거였다.

물론 전 장면을 다 그렇게 찍을 수는 없었다. 한꺼번에 우르르 몰려나가서 싸우는 장면은 주혁과 비슷한 체구의 사람들이 똑같은 옷을 입고 준비 중이었다. 하지만 많은 장면을 주혁 혼자서 촬영하기로 되어 있었다.

주혁은 머릿속에서 이미지를 그리고 있었다. 건들건들한 전우치, 시크한 전우치, 난폭한 전우치 등. 하나하나 위치를 생각하고 어떻게 움직이는지를 머리에 그려보았다. 그리고 촬영에 들어갔다.

"이거 잘하고 있는 건지 모르겠네."

촬영하면서 스태프가 중얼거렸다. 방법은 간단했다. 주혁이 혼자서 1번 전우치의 움직임을 쭉 하는 걸 찍는다. 그렇게 2번, 3번 전우치를 차례로 찍는다. 물론 촬영할 때는 주혁 혼자서 움직이게 된다.

그다음에 촬영한 걸 다 합치는 거였다. 그러면 여러 명의 전우치가 화면 안에서 분신술을 사용한 것처럼 움직이게 되는 거였다.

그래서 주혁은 각자 다른 전우치의 연기를 했다. 바닥에 있는 녀석들을 연기할 때는 조금 나았는데, 건물에서 뛰어 내려오는 것도 여러 번 촬영해야 했다. 건물 위에 있는 전우치도 여러 명이었으니까. 굉장히 번거롭긴 했는데, 무척 재미있는 촬영이었다.

모든 캐릭터를 다 연기하고 온 주혁은 싱긋 웃으면서 이야기했다.

"혼자서 여러 명 연기를 하는 것도 재미있는데요?"

"그래? 그러면 이거 합친 거 한번 보자고."

감독은 그 자리에서 임시로 합쳐진 장면을 보았다. 그냥 간단하게 어떤 느낌인지만 볼 수 있게 임시로 편집한 거였다. 그런데 사람들은 합쳐진 영상을 보고는 화들짝 놀랐다.

물론 그냥 촬영할 때도 괜찮았다. 연기 참 잘하는구나 하는 생각이 들었다. 그런데 합쳐 놓으니까 이게 장난이 아니었다. 캐릭터 하나하나가 생동감 있고 확실한 존재감을 드러냈다. 정말로 분신술을 보는 듯했다.

감독은 주혁을 슬쩍 쳐다보았다. 주혁은 정신없이 자신의 모습을 체크하고 있었는데, 흐뭇한 표정을 짓고 있었다. 감독은 주혁이 정말로 이 캐릭터들이 어떻게 보일지 계산하고 찍은 것 같다는 느낌이 들었다.

'이건 그냥 한 게 아니야. 정말 주혁이의 머릿속에서는 이런 게 다 보이는 건가?'

감독이 놀란 표정으로 주혁을 보고 있는데, 영상을 다 본 주혁은 크게 기지개를 켜더니 중얼거렸다.

"오늘따라 컨디션이 좋네요. 다음 찍어야죠?"

*   *   *

"확실히 몸이 가벼운 것 같아."

주혁은 제자리에서 점프하면서 중얼거렸다. 평소에도 운동신경이야 누구 못지않았었지만, 최근에는 유달리 기운이 넘치고 몸이 가벼웠다. 그리고 잘 지치지도 않았다. 잠을 몇 시간 못 자도 다음 날이면 쌩쌩해졌다.

지방을 돌면서 고된 촬영이 이어졌지만, 덕분에 좋은 컨디션에서 촬영을 할 수 있었다. 액션 장면을 촬영하는 건 에너지가 굉장히 많이 소모되는 일이다. 그리고 주혁의 분량이 워낙 많아서 사람들이 걱정하기도 했었다.

사람들은 새벽까지 촬영하다가 잠깐만 자고 일어나도 멀쩡해지는 주혁을 보고는 강철 체력이라면서 혀를 내둘렀다. 누군가는 뭘 먹는데 그렇게 스태미나가 좋으냐면서 은

근히 물어오기도 했다. 중년 남자들에게는 굉장히 중요한 문제였으니까.

[당연한 일이지. 업그레이드된 내 기운을 받고 있으니 그리된 거야. 고마운 줄 알아야 해.]

없을 때는 불안하고 허전해서 빨리 돌아오기를 바랐지만, 돌아오고 나니 조금 짜증스러웠다. 상자의 저 싸가지 없는 성격은 쉽게 적응이 되지 않았다. 하지만 그래도 동전을 열두 개나 찾았으니 한량없이 예뻐 보이기는 했다.

[혹시 다른 상자의 능력을 알 수는 없나?]

주혁은 혹시나 싶어서 물었다. 전에는 아직 능력이 되지 않아서 알려줄 수가 없다고 했는데, 이제는 이렇게 몸이 좋아졌으니 혹시나 가능해졌는지 싶어서였다.

주혁이 유일하게 껄끄럽게 생각하는 건 다른 상자를 가진 사람들이었다. 로저 페이튼 회장이 하나를 가지고 있는 건 거의 확실했다. 그리고 그가 가지고 있는 상자는 그다지 위협적으로 보이지는 않았다.

하지만 알 수 없는 신비로운 능력을 가진 상자의 주인이 두 명이나 더 있었다. 그들만이 자신에게 위협이 된다고 생각한 주혁은 어떻게든 그들에 대한 정보를 알고 싶었다. 가능하면 그들이 가진 상자도 가지고 싶었고.

상자들은 각기 다른 능력을 가지고 있으니 상자를 많이

모을수록 필요에 따라서 사용할 수 있을 게 아닌가. 그리고 다른 상자의 주인도 비슷한 생각을 할 것 같았다. 자신이야 상대를 해치거나 그러지는 않겠지만, 상대를 그러지 않을 가능성이 높았다.

윌리엄 바사드만 보아도 알 수 있지 않은가. 그러니 다른 상자에 대한 정보는 주혁에게 있어서 아주 중요한 정보였다. 하지만 상자의 대답은 실망스러웠다.

[푸헤헤헤. 겨우 그 정도 가지고 감히 이 몸이 가진 정보를 들을 수 있다고 생각한 거야? 꿈 깨라고. 꿈 깨. 아직 멀었으니까.]

상자는 기분이 팍 상하는 이야기를 하더니 갑자기 은근한 투로 말을 이었다.

[그래도 힌트는 좀 줘야겠지? 일단 비워.]

[비워? 뭘?]

[체력이든 정신력이든 많이 비워. 많이 비우면 비울수록 차는 것도 많아지는 거니까.]

주혁은 그럴듯하다고 생각했다. 요즘 부쩍 컨디션이 좋은 것이 워낙 힘든 장면을 촬영해서 그런 것일지도 모른다고 생각했다. 정말 혀가 빠지도록 힘들었던 경우가 많았다.

찍기 전에 와이어 연습을 하면서도 그랬고, 실제로 촬영하면서도 육체적으로 엄청난 무리가 갈 때가 많았다. 상자의 말대로라면 그런 과정이 있어서 능력이 늘어나는 데 도움이 되었다는 거 아닌가.

[그런 이야기는 미리 좀 해주지.]

[내가 왜?]

주혁은 고개를 내저으며 생각을 멈추었다. 저런 싸가지와 더 말해서 뭐하겠는가. 그것보다 앞으로는 육체적으로나 정신적으로 에너지를 많이 쓰는 데 집중해야겠다고 생각했다. 그래야 한시라도 빨리 정보를 얻을 수 있을 테니까.

"육체적인 거야 계속해서 액션 찍을 거니까 그거 열심히 하면서 틈틈이 운동하면 될 것 같고, 정신적인 건 어떻게 한다?"

육체적인 거야 방법은 많았다. 하지만 정신적인 거는 어떻게 해야 할지 감이 잘 오지 않았다. 일단 생각나는 건 연기 연습이나 실제로 연기를 할 때 집중력을 높이는 것. 집중하다 보면 아무래도 정신력 소모가 많이 되니까.

"뭐, 지금 하는 거 열심히 하면서 방법을 찾아보자. 정신력이라. 인터넷으로 바둑이라도 둬야 하는 건가?"

주혁은 일단은 촬영에 집중하기로 했다. 그것도 평소보다 집중도를 높여서 완전히 진이 빠질 때까지 해보기로 마음먹었다. 그나마 최근에 조금 여유롭게 촬영을 했었는데,

이제는 그것도 끝인 것 같았다.

"그럼 그렇지, 에휴. 나는 여유 있게 살 팔자는 아닌가 보다."

주혁은 혼잣말을 하면서 촬영장으로 향했다. 그리고 평소보다 훨씬 강도 높게 연습도 하고, 촬영에도 임했다. 파이팅이 넘치는 주혁의 모습을 사람들이 희한하다는 표정으로 바라보았다. 저 인간은 지치지도 않는다면서.

주혁의 그런 파이팅은 주변으로 전염되었다. 그의 활기찬 모습에 다른 사람들도 같이 기운을 낸 것이다. 그런데 너무 힘이 들어가서 그랬던 것일까? 작은 사고가 생기고 말았다.

"괜찮으세요?"

주혁은 황보선에게 달려가서 물었다. 요괴 중 한 명으로 나오는 그녀는 손을 부여잡고 괴로워하고 있었다. 사람들은 처음에는 다친 줄도 몰랐다. 컷 소리가 나기 전까지는 내색도 하지 않았으니까. 하지만 컷 소리가 나자 바로 손을 잡고 그 자리에 주저앉았다.

주혁은 심각한 표정으로 손을 살폈다. 그리고 빨리 구급상자를 가져오라고 했다.

"일단 골절까지 된 건 아닌 것 같은데요. 제가 응급처치는 할 테니까 바로 병원에 가보세요."

구급상자가 도착하자 주혁은 능숙한 솜씨로 응급처치를 했다. 사람들이 말려야 하는 것 아니냐고 이야기했지만, 보조 출연자 중 한 명이 나서서 이야기했다.

"주혁 씨가 저런 거 잘해요. 예전에 괴물 찍을 때, 강호 씨 다친 적 있었거든. 그때도 주혁 씨가 응급처치해서 괜찮았다니까."

주혁은 낯익은 목소리에 고개를 돌렸다. 아는 얼굴이었다. 괴물에서 사고가 났을 때, 구급상자를 가지고 왔던 성근 씨였다. 주혁은 가볍게 눈인사를 하고는 응급처치를 마저 했다. 큰 부상은 아니어서 다행이었지만, 걱정이 되었다.

"드라마 찍고 있는 것도 있는데, 걱정이네요. 지금 한창 잘나가고 계시던데."

"그러니까요. 내조의 여왕으로 완전히 떴잖아요."

사실 황보선이라는 배우는 이 영화를 찍을 때만 해도 거의 무명에 가까웠다. 풍기는 이미지도 굉장히 독특하고 연기력도 나쁘지 않았지만, 제대로 된 배역을 맡지 못해서 알려지지 않은 케이스였다.

그런데 이번에 내조의 여왕이라는 드라마가 인기를 끌면서 황보선도 같이 유명해졌다. 그렇게 잘나가는데 부상 때문에 무슨 문제라도 생기는 게 아닐까 걱정스러웠다.

기둥을 때리면 기둥이 부서지면서 주먹이 그 안으로 들어가는 장면이었다. 물론 기둥은 부서지게 만들어 놓은 거였다. 그런데 문제는 그 안에 있는 진짜 기둥이었다. 주먹을 너무 강하게 뻗어서 그 안에 있는 기둥까지 때리고 만 것이었다.

"그래, 주혁 씨가 보기에는 어때요?"

"골절은 아닌 것 같으니까 움직이는 데 문제는 없을 것 같아요. 드라마야 여기처럼 액션을 할 일도 없을 테니까 무리는 없을 것 같네요."

"다행이네, 다행이야. 잘못돼서 드라마 못 하기라도 하게 되면 얼마나 안타까워. 겨우 이제 좀 빛을 보기 시작했는데 말이야."

성근은 마치 아는 사람이 다친 것처럼 걱정했다. 오랜 무명 시간을 거쳐서 이제 빛을 보기 시작하는 배우라는 점에서 감정이입이 된 모양이었다.

"그나저나 여기 왔으면 얘기를 하지 그랬어요."

"아이고. 안 그래도 전화하려다가 오늘 와서 놀래주려고 그랬어요."

성근은 반가워하면서 이야기를 나누었는데, 아직도 비중 있는 역할을 맡지는 못하고 있는 모양이었다. 그래도 연기에 미련이 남아서 계속해서 작품은 하고 있었다. 하기야 늦은 나이에 빛을 보는 배우도 있지 않은가. 황보선만 해도 자신보다 네 살이나 많았다.

주혁은 어깨를 다독이면서 같이 이야기를 나누었다. 첫 영화를 같이 하면서 가까워진 사람이라 그런지 더 친근하게 느껴졌다.

"여기 촬영 끝나고 서울로 가기 전에 한잔해요."

"좋죠. 끝나고 보자구요."

주혁은 자신과 똑같은 복장을 하고 있는 성근을 바라보았다. 저 사람도 자신과 같이 주연배우가 되는 꿈을 꾸고 힘든 시간을 참고 있을 것이다.

"정말 엄청나게 긴 시간이었지."

주혁은 예전을 떠올리면서 몸을 부르르 떨었다. 어떻게 그렇게 긴 시간을 그 당시에는 참을 수 있었는지 정말 용하다는 생각이 들었다. 하지만 이제부터가 시작 아닌가. 주혁은 주먹을 쥐면서 입을 달싹였다.

"이제부터 다시 시작이야."

*   *   *

윌리엄 바사드에게 연락이 온 건 통화를 한 지 며칠 되지 않아서였다. 촬영이 끝나자 투자회사에서 나온 사람이 자신에게 다가오더니 조용히 속삭였다. 윌리엄 바사드의 전화가 와 있으니 받으라고.

촬영이 끝나자마자 온 걸 보니, 아마도 촬영을 방해하지 않으려고 그런 모양이었다. 주혁은 그자가 건넨 핸드폰을 받아 들었다. 그러자 그자는 조금 떨어진 곳으로 움직였다. 윌리엄으로부터 어떻게 행동하라는 것도 지시를 받은 것 같았다.

"그래 무슨 일이지?"

─기뻐하십시오, 마스터. 동전이 들어 있는 상자를 확보했습니다.

뜻밖이었다. 통화를 한 지 얼마 되지 않아서 동전을 찾았으리라고는 생각도 하지 않았다. 남미에 있는 페루까지 이동하는 것만 해도 시간이 제법 걸렸을 텐데, 그 짧은 시간에 동전까지 구했으니 정말 사력을 다했구나 싶었다.

─동전 일곱 개가 들어 있는 상자입니다. 말씀해 주신 위치로 가보니 박물관이더군요.

윌리엄 바사드가 가서 물었을 때, 박물관에서는 시큰둥한 반응을 보였다고 한다. 하기야 누군지도 모르는 사람이 와서는 대뜸 한다는 소리가 이렇게 생긴 동전을 찾는다고 하니, 누가 기꺼워하겠는가.

하지만 윌리엄 바사드의 전화 한 통에 페루의 장관이 달려오자 박물관은 난리가 났다. 직원이 총동원되어서 윌리엄이 이야기한 유물을 찾기 시작한 거였다.

―정확한 기원을 알 수 없어서 지하 보관실에 잠들어 있었습니다. 제가 적당한 가격을 지불하고 샀고, 직접 마스터께 가지고 갈 예정입니다.

박물관에서 오래된 물건이라 사들이기는 했는데, 정체를 알 수 없어서 그냥 방치한 모양이었다. 주혁으로서는 아주 잘된 일이었다.

박물관에서는 어차피 전시할 수도 없고, 큰 가치가 있는 건 아니라고 판단하고 있었다. 덕분에 저렴한 가격에 구입할 수 있었다고 했다. 그 말을 듣고는 주혁은 윌리엄에게 일을 시키길 잘했다고 생각했다.

자신이 갔으면 그리 쉽게 찾을 수 없었을 것이다. 위치야 알고 있지만, 박물관 어디에 있는지까지 소상하게 알 수 있는 건 아니었다. 그러니 주혁이 직접 갔더라면 어떻게 찾아야 할지 막막했을 것이다.

"생각보다 빨리 찾았군. 그럼 언제쯤 도착할 예정인가?"

―모든 일정을 취소하고 이 일에 집중하고 있습니다. 워낙 중대한 사안이라. 그리고 이틀 후면 도착할 것 같습니다. 정확한 시간은 따로 알려드리겠습니다.

"이틀 후라. 딱 좋을 것 같군."

주혁도 이틀 후면 다시 서울로 올라간다. 합천에서의 일정이 끝나고 서울에서 촬영이 있기 때문이었다. 그리고 이틀 후 주혁은 자신의 카페에서 안쪽에서 윌리엄을 만났다. 그는 공손하게 상자를 주혁에게 내밀었다.

주혁이 상자를 여니 금색으로 빛나는 동전 일곱 개가 반짝거리고 있었다. 막상 동전을 손에 넣게 되니 정말 편안하고 부자가 된 기분이었다. 안심도 되었고. 이제는 정말 어떤 불상사가 생겨도 안심이었다.

주혁은 그런 생각을 하다가 윌리엄 바사드가 생각보다 중요한 인물이라는 것에 생각이 미쳤다. 동전이나 상자 이야기를 꺼낼 수도 있고, 이렇게 자신이 직접 하기 어려운 일도 시킬 수가 있고 하니까. 그래서 말을 꺼냈다.

"혹시라도 무슨 일이 있게 되면 나에게 연락할 사람은 누구지?"

"예? 무슨 일이라뇨?"

윌리엄은 의아하다는 표정으로 주혁을 쳐다보았다.

"신상에 무슨 문제가 생기면 누가 나한테 연락을 하냐는 거지. 그런 일이 닥치면, 내가 손을 써주어야 할 것 아닌가."

주혁은 상자를 손가락으로 톡톡 건드리면서 말했다. 그제야 무슨 말인지 알아듣고 이야기를 했다. 만약에 누군가가 자신을 해치거나 그에 준하는 상황이 되면, 주혁이 알아서 시간을 돌려서 챙겨주겠다는 뜻이었다.

윌리엄은 소름이 쫙 끼쳤다. 이제는 자신을 노리는 사람들을 더는 두려워하지 않아도 된다는 사실을 깨달았다. 그전에는 그것이 불가능했다. 죽으면 아무리 상자가 있어도 끝이었으니까. 그리고 실제로도 윌리엄의 상자는 윌리엄이 죽어도 작동하지 않는 상자였다.

그런데 이제는 정말 든든한 후원자가 생긴 것이다. 자신이 죽어도 다시 살려줄 수 있는 그런 엄청난 존재가 등 뒤에 있는 거였다. 얼마나 소름 끼치는 일인가. 윌리엄 바사드는 앞으로도 주혁에게 잘 보여야겠다고 생각했다.

"레냐 폴런이 연락을 할 겁니다."

윌리엄은 감격에 겨워하는 목소리로 대답했다.

"가능하면 그런 상황이 오지 않도록 해. 동전의 가치는 자네가 잘 알 테니까 긴 얘기는 하지 않도록 하지."

주혁은 상자를 가지고 자리에서 일어섰다.

윌리엄은 당장 다른 동전도 구해오겠다면서 스페인으로 떠났고, 주혁은 집에 돌아와서 동전 상자를 금고에 넣었다.

CHAPTER **39**
집중

후반부로 갈수록 정예진과의 연기가 많아졌다. 그리고 같이 호흡을 맞추어볼수록 그녀가 정말 매력적인 배우라는 걸 알 수 있었다.

　솔직하게 말해서 전우치에서 정예진의 분량은 그렇게 많지 않다. 분량이 그리 많지 않다는 건 매력을 발산할 시간도 그만큼 적다는 것이다. 관객도 뭘 봐야 매력적인지 아닌지 알 것 아닌가.

　하지만 주혁은 그런 걱정이 전혀 들지 않았다.

　시간이 길다고 사람들의 눈길을 끌 수 있는 건 아니었으니까. 어디 타짜에서 아귀가 나오는 시간이 길어서 사람들에게 강렬한 인상을 남긴 것이던가. 분량도 어느 정도는 있어야겠지만, 결국 매력을 얼마만큼 발산할 수 있느냐가 문제인 것이다.

"확실히 사람을 사로잡는 힘이 있어. 배우는 저래야 해. 안 그래, 주혁 씨?"

"그럼, 훌륭하지. 가까이서 보면 더 빨려 들어갈 것 같아."

송아현은 촬영장에 놀러 와서는 주혁과 정예진의 연기를 보고는 무척 좋아했다. 자신이 하고 싶은 연기가 저런 것이라는 걸 이제는 조금 알 것 같다면서. 한결 밝아진 표정을 보니 주혁도 덩달아 기분이 좋아졌다.

송아현은 요즘 연기 공부에 푹 빠져 있었다. 아직은 아무도 알아주지 않고 있었지만, 언젠가는 연기자로서 인정받고 싶다는 욕심이 생긴 것이다. 그래서 촬영장에도 자주 나왔다. 아무래도 연기력이 뛰어난 배우의 연기를 직접 보는 것만큼 큰 공부도 없었으니까.

그 부분은 주혁이 신경을 써주었다. 열심히 하겠다는데 촬영장에 나와서 구경하는 정도도 배려해 주지 못하겠는가. 덕분에 송아현은 전우치 촬영장에 자주 얼굴을 내밀 수 있었다.

"저번에 준석 선배 연기도 봤는데, 정말 끝내주더라. 멀리서 보는데도 완전히 지릴 뻔했다니까."

"어디? 레스토랑?"

"어. 애를 앞에다 두고서 '더 살아도 결국 아무것도 없단다' 이러는데 어휴, 진짜 무섭더라고."

주혁은 현장에는 없었지만, 짐작은 되었다. 그 무시무시한 포스가 어디 가겠는가. 준석 선배는 정말 연기가 완연하게 꽃피고 있는 사람이었다. 특히나 카리스마 있고 위압감이 있는 역할을 하는 걸 보면 주혁도 부러울 정도였다.

"그런데 레스토랑인데 전부 시체로 가득 차 있으니까 좀 그렇긴 하더라."

주혁도 시나리오를 봐서 대충 어떤 장면인지 상상이 되었다. 시체가 즐비한 곳에서 홀로 식사를 하는 화담.

레스토랑에서는 아마도 영화를 찍었다고 소문내지도 못할 것이다. 찜찜해서 누가 먹으러 오고 싶겠는가.

"그런데 웃기는 건 뭔지 알아? 거기서 드라마 찍는대. 파스타라고 하던가?"

주혁도 들은 적이 있었다. 저번에 커피 프린스 팀이 회식할 때 남자 배우에게서 들었다. 자신이 주연을 맡게 되었는데, 제목이 파스타라고 해서 웃었던 기억이 있었다.

"그 형은 달달한 거 잘하니까 어울리겠다."

"아, 맞다. 주혁 씨하고 커피 프린스 같이 찍었었지."

주혁은 잠시 잡담을 하다가 다시 촬영 준비에 들어갔다. 대본은 모두 외우다시피 하고 있었지만, 들어가기 전에 집중해서 상황에 몰입하는 연습을 했다. 정신력을 소모할수록 좋다는 상자의 이야기 때문이었다.

그리고 그렇게 집중을 하다 보니 확실히 연기에도 도움이 된다는 걸 알 수 있었다. 그전에도 충분히 연습하고 준비도 많이 했다. 하지만 무언가 확실한 동기부여가 되니까 더 집중하게 되었고, 그 결과는 주혁도 놀랄 정도였다.

충분히 준비했고, 더는 할 게 없다는 생각을 했었다. 그런데 그게 아니었다. 집중하고 파다 보니까 조금씩 더 나은 방향으로 연기할 길이 보였다. 정말 미세한 움직임, 잘 알아채기도 어려운 뉘앙스를 표현하는 방법이 보이기 시작했다.

그리고 주변에서 주혁을 보는 시선도 달라졌다. 전에는 선망의 시선으로 많이 바라보았다. 연기력 좋고 사람 좋은 톱스타. 그런데 지금은 거기에다가 지독한 연습벌레 이미지가 더해졌다. 연기도 액션도 무지막지하게 연습하는 배우.

그것도 설렁설렁 연습하는 게 아니었다. 굉장한 집중력을 가지고 실제 촬영처럼 연습했다.

사람들은 주혁이 눈을 감고 이미지 트레이닝을 한다는 것도 확실하게 믿게 되었다. 그걸 하고 나서 한 연기는 확실히 달랐으니까.

'정말 지독하네. 사방이 시끄러운데도 저렇게 집중할 수 있는 것도 신기하고, 저 집중력을 계속 유지하는 것도 신기해.'

송아현은 옆에서 말없이 주혁이 하는 걸 보고 있으면서 한숨을 쉬었다. 자신도 그동안 한다고 하기는 했지만, 솔직히 주혁이 하는 걸 보고 있으니 정말 열심히 하지 않았다는 생각이 들었다.

'그러니까 실력이 늘지 않는 것도 당연한 일이지. 누구는 이렇게 열심히 하는데, 나는 그에 비하면 대충 한 거나 마찬가지였으니까.'

그녀는 이렇게 했으니 톱스타가 된 거라며 자신을 자책했다. 그리고 마음을 다시 잡았다. 이제 정말 무언가를 할 수 있을 것 같았다. 그런 지옥 같은 나날도 버텨왔는데, 못할 게 뭐가 있겠는가.

촬영 준비가 조금 길어져서 주혁은 한 시간도 넘게 대본을 보면서 연습을 하고 있었다. 옆에서 보고 있는 송아현이 질릴 정도였다.

그리고 연습을 시작한 지 한 시간 반쯤 되었을 때, 주혁이 드디어 기지개를 켰다.

"주혁 씨 하는 거 보니까 나도 정말 열심히 해야겠다. 이제 연기로 제대로 나가려면 주혁 씨만큼은 아니더라도 내가 납득할 수 있을 정도는 해야 할 것 같아."

"연습은 배신하지 않으니까. 그래도 아현 씨도 연기 많이 늘었던데."

송아현은 살짝 입가를 올리면서 웃었다. 그 웃음은 어쩐지 슬퍼 보였다.

"솔직하게 말해서 그런 경험 하니까 확실히 연기에 도움이 되긴 하더라. 그런데 그런 생각도 들더라고. 이러고 나서 연기가 되는 거라면 차라리 연기 못하는 게 나은 게 아닌가 하는 생각."

주혁도 그 이야기를 듣고는 조금 씁쓸한 기분이 되었다. 시간이 지난다고 그런 상처가 쉽게 아물겠는가.

하지만 아현은 미소 지으면서 말을 이었다.

"하지만 기왕 이렇게 된 거 어쩌겠어. 시간을 무를 수도 없는 일이고. 그러니까 지금부터는 열심히 해서 잘 풀렸으면 좋겠어."

"잘될 거야. 확실히 나아졌어. 이제 캐릭터 안으로 들어가는 게 보여."

송아현은 예전에 선생님들이나 선배들이 이야기해 준 게

어떤 건지 이제야 감이 온다고 했다. 그 당시에는 아무리 말을 해도 무슨 말인지 몰랐는데 말이다.

주혁도 잘 알고 있었다. 그런 건 아무리 말을 해줘도 받아들이는 사람은 때가 되어야 그걸 받아들일 수 있다는 사실을.

그것이 바로바로 되는 사람도 있다. 정말 그런 게 가능한 연기 천재들이 있다. 그런 사람들을 보면 정말 부러웠다. 주혁은 엄청난 시간을 들여서 그걸 얻었으니까. 하지만 지금은 자신감이 있었다.

어떤 거라도 할 수 있다는 자신감이 있었고, 실제로 예전보다 어떤 것을 받아들이고 소화하는 데 걸리는 시간이 빨라졌다는 것도 느낄 수 있었다. 그것이 자신의 노력 덕분인지, 아니면 상자의 영향 때문인지는 모르겠지만.

"그런데 주혁 씨는 왜 그렇게 미친 듯이 하는 거야? 정말 옆에서 보고 있는 사람이 질릴 정도더라고."

"열심히 해야지. 새로운 목표가 생겼거든."

"새로운 목표?"

주혁은 고개를 끄덕였다. 그리고 조심스럽게 이야기했다.

"국내에서 남우주연상 받고 할리우드로 진출하려고."

송아현은 깜짝 놀란 표정이었다. 남우주연상이 아니라

할리우드라는 말 때문이었다. 솔직히 주혁 정도라면 당장에라도 남우주연상을 받을 수 있다고 생각했다. 사실 추적자 때 받았어야 한다는 생각도 했었다.

하지만 할리우드는 생각조차 하지 못했다. 아직까지 아무도 개척하지 못한 길이었기 때문이었다. 거대한 자본이 움직이는 곳, 그리고 문화와 언어의 장벽도 있다. 우리나라에서 최고의 배우라고 해도 거기에서는 제대로 인정받기 어려웠다.

"정말? 할리우드가 그렇게 만만하지 않을 텐데……."

"각오는 하고 있어. 하지만 그 정도는 해야지."

주혁이 남우주연상을 받으려고 하는 건 다른 것보다 상징적인 의미 때문이었다. 국내에서 최고가 되고 나서 외국으로 나가겠다는 상징적인 의미. 하지만 남우주연상은 작품도 잘 만나야 한다. 개인의 능력으로만 되는 건 아니었다.

그래서 혹시 받지 못하더라도 2년 안에는 할리우드로 진출할 생각이었다. 그 안에 준비할 것이 많을 것이다. 언어도 제법 하는 편이었지만, 조금 더 다듬을 생각이었다. 그리고 그쪽 문화나 연예계 속성에 대해서도 좀 알아야 할 것 같았다.

물론 충분히 도움을 받을 수 있을 것이다. 그에게는 윌리

엄 바사드라는 카드가 있으니까. 하지만 처음에는 직접 부
딪쳐 볼 생각이었다. 너무 편한 것만 찾으면 분명히 나중에
문제가 생긴다. 그러니 처음에는 어느 정도 구를 각오가 되
어 있었다.

"촬영 들어갑니다."

조 감독이 와서 촬영 준비가 끝났다는 소식을 전했다.

주혁은 아현에게 구경하라고 하고는 촬영장으로 향했다.
그의 머릿속에는 대본을 보면서 준비한 이미지가 떠올랐
다. 그리고 발걸음부터 살짝 건들거리기 시작했다. 몇 걸음
걷기도 전에 다른 캐릭터가 된 거였다.

"액션."

감독의 외침에 촬영이 시작되었다. 현대로 넘어온 전우
치와 정예진이 제대로 만나는 장면이었다. 자동차에 치면
서 만나는 장면이야 그냥 스쳐 지나가는 정도였다면, 지금
장면은 둘 사이의 미묘한 관계를 보여주어야 하는 장면이
었다.

"아저씨 누구예요?"

주혁은 정예진의 눈빛과 목소리가 참 좋았다. 의심스러
운 사람을 보는 눈초리로 자신을 쳐다보는 연기도 좋았다.

무엇보다도 그러면서도 아주 관심이 없는 건 아니라는 티
를 살짝살짝 풍기는 그 미묘한 분위기가 마음에 들었다.

"그리고 왜 자꾸 내 앞에 나타나요?"
"약속했으니까. 그대를 지켜주기로."

　주혁에거 얼굴을 들이밀면서 도발적으로 이야기하는 정
예진에게 주혁은 장난스러운 말투로 대답했다.
　정예진은 확실히 주혁이 매력 있는 배우라는 생각이 들
었다. 아주 표현하기 어려운 대사였다.
　너무 장난 같아도 문제였고, 그렇다고 대사에 힘을 주거
나 진지하게 할 수도 없는 대사였다. 하지만 분명한 것은
전우치의 능청스러운 캐릭터가 드러나면서도, 전우치가 이
여자를 생각하는 마음도 드러나야 한다는 거였다.
　그래서 정말 아무것도 아닌 장면처럼 보이지만, 굉장히
어려운 장면이라고 생각했었다. 그런데 주혁이 하는 걸 보
니 사람들이 왜 그를 대체가 불가능한 배우라고 하는지 알
수 있을 것 같았다.
　장난스러운 말투였는데, 왠지 믿고 싶은 그런 느낌이 들
었다. 그렇게 되니 야릇한 분위기가 되었다. 어쩐지 둘이
밀당을 하는 것 같은 분위기가 만들어진 것이다. 그리고 감

독은 둘의 연기를 보면서 묘한 느낌을 받았다.

'이거 좋은데. 감질 맛이 나서 살살 애를 태우는데?'

물론 연기라는 건 알고 있었다. 하지만 이게 호흡이 잘 맞는 것인지, 아니면 정말 분위기가 묘한 것인지 구분이 되지 않았다. 그만큼 둘이 만들어내는 영상은 느낌이 있었다. 사람들로 하여금 앞으로의 이야기가 궁금해지게 만드는 그런 힘이었다.

"누구랑 약속했는데요?"

"그대하고."

"사람 잘못 본 것 같은데."

"그대가 맞습니다."

호흡이 잘 맞으니까 아주 어색할 것 같은 대화가 귀에 착착 감겼다. 도대체 그 뒤로는 무슨 이야기가 벌어질까 궁금해서 눈을 뗄 수 없게 만들었다.

'이런 걸 보고 바로 케미가 맞는다고 하는 거구나.'

송아현은 둘의 연기를 보면서 정말 연기가 잘 맞으면 이런 느낌이 나는 것이구나 하는 걸 느꼈다.

그리고 자신도 저런 느낌을 느껴보고 싶었다.

연기를 잘 모를 때는 그냥 잘한다고 느꼈다. 하지만 이제는 알 수 있었다. 저 자리에서 저런 경험을 하면 어떤 느낌을 받게 되리라는 것을. 그래서 더 간절했다. 저 자리에 서고 싶은 마음이.

"그래서 뭐 어쩌자는 건데요?"

주혁과 정예진은 계속해서 둘 사이의 연기에 몰입했다. 정말 상대와 호흡이 잘 맞으니 연기가 저절로 되는 것 같은 느낌이었다.

"치, 아저씨 무슨 약 같은 거 하세요?"

연기가 계속되면서 분위기는 점점 달아올랐다. 하지만 불은 붙지 않았다. 아직은 그럴 때가 아니었으니까. 둘은 그 아슬아슬한 지점에서 줄타기를 하면서 사람들의 마음을 쥐고 흔들었다.

그리고 그녀가 전화를 받으면서 촬영이 마무리되었다. 사람들은 뭔가 허전한 느낌이 들었다. 뭔가 더 있어야 하는 것 같은데 중간에 끊어진 것 같은 느낌이 들었다. 그리고 다음에는 어떻게 될까 하는 궁금증이 들었다.

'나도 앞으로는 저런 연기를 해야겠다. 사람의 마음을 움

직이는 그런 연기를.'

송아현은 굳게 다짐했다.

그리고 주혁은 다시 돌아와서는 대본에 집중했다. 무아지경에 빠져들어 연습하며 중얼거렸다.

"정신력을 다 써버려야……."

*　　　*　　　*

윌리엄 바사드는 어떻게 하면 주혁에게 잘 보일까 여러모로 고민했다. 정말 어떻게 해서든 주혁의 마음이 들고 싶었다. 아니, 자기 목숨도 챙겨줄 수 있는 그런 사람인데 어떻게든 잘 보여야 할 것 아닌가.

그래서 한국에 세워놓은 바사드 투자회사로는 성에 차지 않았다. 뭔가 더 큰 것을 준비해야 할 것 같았다.

"레냐, 어떻게 되어가?"

"윌리엄, 굳이 이런 투자회사를 꼭 만들어야겠어요? 엔터테인먼트 사업은 변수가 너무 많아서 위험하다는 걸 당신도 잘 알고 있잖아요."

"알지. 하지만 그만큼 매력적이기도 해. 나에게 꼭 필요하기도 하고. 그러니까 나를 믿고 한번 움직여 줘."

레냐 폴런. 그녀가 없었더라면 자신이 이 자리에 올라설 수 없었을 것이다.

그녀의 부친은 이 조직을 구성하고 있는 파벌 중에서 손가락 안에 들어가는 거물. 물론 자신이 지금의 실적을 내지 않았다면 그는 절대로 자기가 그녀와 사귀는 걸 용납하지 않았을 것이다.

"나에게는 큰 모험이기도 하지만 굉장히 중요한 사업이기도 해. 그러니까 신경 써서 진행해 주었으면 좋겠어."

윌리엄 바사드는 자신이 가장 믿을 수 있는 사람에게 이 사업의 진행을 맡겼다.

그럴 수밖에 없었다. 이 사업은 너무나도 중요했다. 자신의 목숨과 바꿀 수 있는 그런 사업이나 마찬가지였다. 어떻게 쉽게 생각하겠는가.

기왕 주혁에게 줄 선물이라고 생각한다면 제대로 준비를 해야 한다. 어설프게 만들었다가 주혁이 실망이라도 하는 날에는 준비하지 않느니만 못하게 되는 것이다. 그러니 최고의 선물을 준비해야 한다는 것이 그의 생각이었다.

그래서 해당 분야의 전문가를 끌어모으고 있었다.

돈은 중요한 게 아니었다. 이 지구상에서 가장 돈이 많은 사람이 윌리엄 바사드였다. 어지간한 나라의 한 해 예산보다도 많은 자금을 움직일 수 있는 게 그였다.

솔직하게 말해서 대한민국 정도는 마음만 먹으면 당장에

라도 경제위기 상황으로 몰고 갈 수도 있었다. 그렇게 만들어야 맛있는 매물들이 나온다. 제법 가치가 있는 기업들이 제발 사달라고 애원하게 된다.

하지만 주혁이 있는 한 앞으로 그럴 일은 영원히 없을 것이다.

누가 돈을 벌자고 그런 프로젝트를 제안한다? 조용히 경고할 것이다. 대부분 그러면 안다. 뭔가 있구나 하는 걸.

하지만 잘 모르고 계속 나대면? 어쩔 수 없다. 제거하는 수밖에.

"주혁 마스터보다 중요한 건 없지."

윌리엄 바사드는 주혁의 본체가 궁금했다. 정말로 자신이 생각하는 것처럼 일루미나티의 보스가 그 사람일 수도 있고, 이름조차 알려지지 않은 동양의 신비 단체의 보스일 수도 있다.

그러나 감히 그런 걸 물어볼 수도 없었다.

그런 사실은 대가가 비싸다. 만약에 그 사실을 아는 대가로 자신의 목숨이 필요하다면 굳이 그걸 모르는 편이 더 낫다. 정보와 돈은 얼마든지 벌 수 있지만, 목숨은 하나다. 그래서 윌리엄 바사드가 주혁에게 목을 매는 것이다.

지금 이 자리도 자신을 노리는 사람이 얼마나 많은가. 정말 한순간도 마음을 놓을 수가 없다. 그런데 주혁이 자신을 돌봐주겠다고 하는 순간, 정말 눈물이 나올 뻔했다. 이건 부모에게 느끼는 것보다도 훨씬 강한 느낌이었다.

자신의 목숨을 확실하게 지켜주는 존재. 내가 뭘 하더라도 위험하지 않게 돌봐주는 존재. 그런 사람에게 충성하지 않을 수 있겠는가. 그래서 이런 투자회사도 만드는 것이다. 정말 잘 보이고 싶어서.

"레냐, 내가 요즘 잘나가고 있는 건 잘 알 거야. 그러니까 장인어른도 우리 결혼을 승낙해 주신 거겠지."

"윌리엄, 무슨 소리예요. 아버지는 당신이 능력이 있다는 걸 알고 예전부터 나한테 이야기를 했어요. 당신 같은 남자라면 결혼을 승낙하겠다고. 그리고 솔직하게 말해서 당신이 아무리 능력이 뛰어나다고는 하지만 아버지의 도움이 없었다면, 지금 이 자리에 올라올 수 있었을 것 같아요?"

레냐 폴런은 발끈했다. 솔직하게 무일푼인 윌리엄 바사드가 지금 이 자리까지 올라올 수 있었던 것은 5대 파벌 중 하나인 자신의 아버지가 그를 밀어줬기 때문에 가능한 거였다. 만약에 그런 배경이 없었더라면 그는 아직도 말단직에서 일하고 있을 것이다.

"레냐, 그건 내가 더 잘 알고 있어. 하지만 내가 앞으로 더 성장하기 위해서는 그분의 도움이 필요해. 그분은 내가 최고가 될 수 있도록 만들어주실 수 있다고."

레냐 폴런은 깜짝 놀랐다. 윌리엄 바사드는 자신의 아버지에게도 그분이라는 경칭을 사용하지 않는 사람이었다. 자신감이 강하고 언제나 도도한 남자. 누구에게도 머리를 숙일 것 같지 않은 그런 남자였다.

그래서 자신이 반한 것 아니겠는가. 그런데 그런 윌리엄 바사드가 사이비 종교에 빠진 것 같은 분위기를 풍기고 있었다. 무슨 절대자를 대하는 것처럼 누군가에게 머리를 조아리고 어려워하고 있는 게 보였다.

"윌리엄, 우리 얘기 좀 해요. 당신 지금 뭔가 이상해요."

윌리엄은 적어도 레냐 폴런은 설득해야 한다고 생각하고 있었다. 그래야 하지 않겠는가. 비록 스무 살 가까이 차이가 나긴 하지만 결혼을 할 사이였다. 자신에게 무슨 일이 생긴다면 무조건 믿고 무언가를 맡길 수 있는 건 그녀였다.

"레냐, 지금부터 내가 하는 이야기는 절대로 다른 사람에게 하면 안 돼. 알았지?"

윌리엄의 심각한 얼굴에 레냐 폴런은 덩달아 심각한 표정을 하고는 고개를 끄덕였다. 정말 윌리엄이 이런 식의 이야기를 한 건 드물기 때문이었다. 레냐가 기억하기에는 자신에게 사랑한다고 고백을 할 때를 제외하고는 이번이 처음인 것 같았다.

그리고 이야기를 듣고 나서 솔직한 생각으로는 윌리엄이

미쳤다고 생각했다. 그런 사람이 있다는 것 자체가 믿기지 않았다. 하지만 다시 생각해 보면, 윌리엄 바사드가 절대자로 군림하고 있던 로저 페이튼 회장을 완전히 짓밟은 것이 더 이해가 되지 않는 일이었다.

"그러면 로저 페이튼 회장을 이긴 게……."

"맞아, 마스터 덕분이지. 그분의 능력 덕분이야. 그분이 아니었다면, 로저 페이튼 회장을 이길 수 없었을 거야."

윌리엄은 레냐 폴런에게 상자 이야기를 꺼냈다.

레냐도 상자가 엄청나게 궁금했기 때문에 그 이야기에 관해서는 관심을 가졌다. 그리고 윌리엄이 이야기를 마쳤을 때, 그녀는 알 수 없는 표정이 되었다.

믿을 수가 없는 이야기였기 때문이었다. 아니, 과거로 돌아갈 수 있는 기계라니. 누가 그런 걸 믿을 수 있겠는가. 하지만 곰곰이 생각해 보니 윌리엄의 행보에서 무언가 생각나는 게 있었다. 엄청난 실적을 거두어서 조직에서 갑자기 급부상한 경우가 있었다.

"윌리엄, 그러면 혹시……."

"맞아. 그 당시에 내가 상자의 능력 덕분에 기회를 잡을 수 있었지. 하지만 이제는 그런 게 문제가 아니야."

상자가 있었어도 자신이 위기에 처하고 암살을 당하는 건 막을 수 없었다. 하지만 이제는 그럴 염려가 없는 것이다. 이건 정말 지금까지와는 전혀 다른 차원에서 일이 벌어지는 것이다. 짜증이 났지만, 신경을 써야 했던 반대파들도 이제는 우습게 보였다.

어떤 협박도 우스웠다. 죽이겠다고? 뭐 맘대로 해보라고 해. 나는 그걸 무시할 수 있는 엄청난 카드가 있었으니까. 그래서 그에게 연락할 수 있는 방법을 레냐 폴런에게 지금 알려주고 있는 것이었다.

그리고 그녀는 윌리엄의 이야기를 믿었다.

아, 사랑의 힘이라는 건 정말 위대한 것이다. 이런 만화책에서나 볼 것 같은 이야기도 그녀는 신뢰를 한 것이다. 윌리엄 바사드도 솔직히 의외였다.

이런 이야기를 누가 믿겠는가.

솔직한 심정으로는 자신도 누가 이런 이야기를 했으면 믿지 않았을 것이다. 그런데 그녀는 믿었다. 세상에는 믿기 어려운 일들로 가득하다. 자신도 이 조직에 들어오기 전까지는 그랬다.

세상을 움직이는 거대한 자본이 있다는 이야기는 들었지만, 정말로 그런 게 있으리라고는 누가 생각했겠는가. 그리고 거기에 들어가서 자신이 능력을 발휘할 줄은 몰랐을 것이다.

그리고 조상에게서 물려받은 상자의 힘으로 큰 성과를

낼 수 있었고, 그 성과 덕분에 무려 19살 차이가 아는 레냐 폴런이 자신에게 빠져든 것도 어찌 보면 기적이나 다름없는 일이었다. 아직도 그녀를 보면 가슴이 떨렸다. 너무나도 아름다운 그녀였다.

"윌리엄, 믿을 수가 없어요. 정말 그런 존재가 있다는 건가요?"

"레냐, 로저 페이튼 회장도 그런 능력을 가지고 있어. 우리 조직이 계속해서 회장에게 밀린 게 다 그런 탓이지. 하지만 이제는 그런 걸 걱정하지 않아도 돼."

윌리엄은 레냐에게 모든 이야기를 털어놓았다. 주혁 덕분에 로저 페이튼 회장을 이길 수 있었다는 이야기도 포함해서.

사실 로저 페이튼 회장을 누른 건 엄청난 사건이었다. 지금까지 누구도 하지 못한 일을 윌리엄이 해낸 거였으니까.

그 덕분에 세계의 경제 판도가 바뀌었다.

아직까지 로저 페이튼 회장을 무시할 수 있는 사람은 없었지만, 그보다 윌리엄 바사드의 이름이 먼저 거론되었다. 그가 가지고 있는 영향력이 더 뛰어났기 때문이었다.

"알았어요, 윌리엄. 그러니까 무슨 일이 생기면, 이 사람에게 연락을 하면 된다는 거죠?"

"레냐, 굉장히 조심해야 해. 당신이 생각하는 것 이상으로 엄청난 능력을 가진 사람이야. 지금 보이는 건 그냥 우리가 취미생활 하는 거라고 보면 된다고. 본체는 다른 데 있어. 그리고 본체와는 연락을 할 수도 없고."

윌리엄은 당돌하게 연락해서 만나자고 할 것 같은 레냐를 뜯어말렸다. 그녀 성격으로 보면 그러고도 남을 여자였다. 하지만 그것이 주혁에게 어떻게 보일지 모르는 상황에서 그렇게 내버려 둘 수는 없었다.

적어도 주혁이 기분 나쁘게 받아들이지만 않는다면, 연락을 해도 괜찮다고 생각하고 있었다. 하지만 만약에 불쾌하게 느낀다면? 그건 정말 상상하기도 싫은 일이었다. 그래서 말렸다. 나중에 허락을 받고 연락해야 한다고.

레냐는 윌리엄의 그런 태도를 보고는 주혁이 정말 굉장한 사람이라는 걸 알았다. 도도하고 자신감 넘치는 윌리엄. 그래서 자신이 젊고 괜찮은 사람을 다 제치고 이 남자를 선택한 게 아니었던가.

지금도 그 선택을 후회하지 않았다. 세계에서 가장 영향력 있는 남자가 되었으니까.

그런데 그런 남자의 뒤를 봐주는 사람이 있었다. 성별도 나이도 모른다. 엄청난 능력을 가진 절대자. 레냐는 반드시 그를 만나야겠다고 생각했다.

*   *   *

"어? 어?"

사람들이 모두 기겁을 하고는 현장으로 달려갔다. 사고였다. 자동차가 가로수를 들이받고 뒤집어지려 하고 있었다. 문제는 차 위에 배우가 묶여 있다는 점이었다.

차 위에서 칼로 아래를 푹푹 찌르는 장면이었다. 당연히 차 위에서 연기하는 배우가 심하게 흔들리고 하면 문제가 된다. 그래서 줄로 묶어서 고정을 시켜놨다. 이런 사고가 생기리라고는 생각지도 못하고.

"비켜."

차에 타고 있던 주혁이 옆에 있던 사람을 밀치고는 밖으로 뛰어 나왔다. 이대로 차가 넘어가면 차 위에 묶여 있던 배우는 꼼짝하지 못하고 죽을 것 같았다. 눈앞에서 그런 걸 볼 수는 없는 일 아닌가.

주혁은 바로 뛰쳐나가서 손으로 차를 지탱했다. 사실 말도 되지 않는 일이었다. 차의 무게뿐만 아니라 속도까지 더해져서 사람이 감당할 수 있는 상황이 아니었다. 당연히 차는 뒤집어졌어야 했다.

그런데 주혁이 그걸 버텼다. 사람들이 다가오다가 입을 쩍 벌리고 그 광경을 지켜보았다. 이건 무슨 영화에서나 볼

법한 그런 광경이었다. 슈퍼맨 영화를 찍는다고 해도 믿을
법했다. 슈퍼 히어로의 재림이었다.

그리고 그 덕분에 차 위에 묶여 있던 배우는 살아남을 수
있었다. 사색이 되었던 배우는 주혁의 손을 잡고는 감사하
다는 인사를 했다. 할 수만 있다면 간이라도 떼어줄 것 같
은 표정이었다.

"다행이네요. 다들 다친 데 없으니까."

주혁은 크게 한숨을 쉬었다. 교통사고. 주혁에게는 큰 트
라우마가 있는 사고였다. 가족이 교통사고로 유명을 달리
하지 않았던가. 자신이 어찌할 수 없는 그런 사고였지만,
지금도 생각만 하면 눈물이 앞을 가리는 그런 기억이었다.

그런 생각도 했었다. 상자가 차라리 과거로 돌아갈 수 있
는 기능이 있었으면 좋겠다는 그런 생각. 지금 자신이 잘나
가고 그렇긴 하지만, 부모와 동생들을 대체할 수는 없었다.
아무리 큰 보상이 있어도 어떻게 그걸 대신할 수 있겠는가.

차가 뒤집어지려고 하자 주혁은 절대로 이런 사고가 일
어나서는 안 된다는 생각이 먼저 떠올랐다. 그리고 바로 차
밖으로 뛰어 나가서 사고를 막았다. 무슨 생각을 하고 그런
게 아니었다. 그냥 몸이 먼저 움직인 거였다.

그리고 간신히 차가 뒤집어지는 건 막을 수 있었다. 그게
자신의 힘 때문이었는지, 아니면 원래 뒤집어질 정도는 아

니었는지는 알 수 없었다. 하지만 그게 무슨 중요한 의미가 있겠는가. 중요한 건 사람이 다치지 않았다는 거였다.

그리고 사람들은 모두 보았다. 소리를 지르면서 차에서 뛰어나와서 차가 넘어가지 않게 필사적으로 힘을 쓰는 주혁의 모습을. 그건 영화가 아니라 다큐멘터리였다.

강주혁. 사람들이 다 좋아하는 배우였다.

행실도 바르고 기부도 많이 하고 평판도 좋았다. 그리고 정말 열심히 사는 그런 사람이었다. 그를 아는 사람이면 그를 싫어할 수가 없는 그런 사람이었다. 그런데 이 사건을 보니까 지금까지 생각해 왔던 건 장난에 불과했다.

자신이 위험할 수도 있는데도 불구하고 넘어가는 차를 막아서는 남자. 이건 계산하고 이미지 생각하고 그런 문제가 아니었다. 그 사람의 본성이 그대로 나타나는 거였다. 사람들은 정말 그 순간 감동했다.

정말 주혁이 영화 속의 슈퍼 히어로처럼 보였다. 소리를 지르면서 차가 넘어가지 않게 버티고 있는 그의 모습에 사람들은 모두 반해 버렸다. 배우가 아니라 그런 행동을 할 수 있는 강주혁이라는 사람에게 반할 수밖에 없었다.

그리고 우연히 그 장면을 찍은 한 스태프의 영상이 유튜브에 올라가서 화제가 되었다. 영화의 한 장면이 아니냐는 의견도 있었지만, 실제 사고였다는 게 밝혀지면서 엄청난 화제가 되었다.

그리하여 주혁은 의도치 않게 세계적으로도 이름을 알리게 되었다.

* * *

전우치의 촬영은 날씨가 쌀쌀할 때, 나뭇잎이 막 떨어지기 시작하던 때에 시작했는데, 벌써 봄기운이 완연했다. 이제는 낮에 촬영할 때는 살짝 덥다는 느낌까지 들었다. 촬영은 거의 막바지를 향해서 달려가고 있었고, 주혁은 보라카이로 촬영하러 갈 생각에 살짝 들떠 있었다.

한국에서의 촬영을 모두 마친 후에 마지막 촬영은 보라카이로 가서 하기로 되어 있었기 때문이었다. 촬영하러 가는 것이긴 했지만, 분량도 그렇게 많지 않으니 약간은 휴가를 가는 기분도 들었다.

그런 생각을 가지고 아토 엔터테인먼트에 왔는데, 오자마자 기재원 대표는 일 이야기부터 하기 시작했다.

"자네는 편안하게 쉴 팔자는 아닌 것 같아."

"대표님, 왜요? 또 뭐 들어왔어요?"

기재원 대표는 웃으면서 주혁에게 말을 건넸다.

"혹시 원재훈 PD라고 전에 자네한테 전화한 적이 있었나?"

주혁은 고개를 갸웃거렸지만, 공포의 외인구단이라는 제목을 듣자 생각이 떠올랐다. 전에 승우의 소개라고 하고는 전화를 해서 야구 예능 이야기를 꺼낸 것이 생각났다. 이름은 기억이 나지 않았지만, 프로그램 이름은 기억이 났다.

그리고 저번 주에 방송된 걸 봤는데, 꽤 흥미로웠다. 야구를 워낙 좋아해서 그렇기도 했지만, 참가자들의 사연 중에 정말 안타까운 사연이 많아서 그랬다. 특히나 아버지에게 간을 이식해야 해서 운동을 포기한 사람의 이야기는 감동적이었다.

"아, 예전에 받았었는데, 제가 촬영 때문에 거절했거든요."

"그랬다고 하더라고. 그런데 다시 제의가 왔어. 촬영 끝나고 합류를 할 수 있겠느냐고."

주혁은 일단 거절을 하려고 했다. 그동안 너무 일에만 매달려 있는 것 같아서 조금 휴식 기간을 갖는 게 좋을 것 같다는 생각에서였다. 하지만 이내 생각을 바꾸었다. 프로그램을 떠올리니 참가하는 게 좋을 것 같다는 생각이 들었다.

'가만. 보니까 훈련량이 엄청나던데. 그렇게 훈련하면 능력을 개발하는 데 도움이 되겠지?'

물론 혼자서 해도 할 수는 있다. 하지만 혼자서 하는 것보다는 아무래도 누군가의 닦달을 받으면서 하는 편이 훈련의 강도가 더 강할 수밖에 없다. 아무래도 사람은 편해지려고 하는 경향이 있기 때문이었다.

그리고 그동안 하고 싶었어도 하지 못했던 예능을 할 기회가 있는데 굳이 걷어찰 필요는 없다고 생각되었다. 어차피 능력 개발을 위해서 몸을 혹사해야 할 필요성이 있었는데, 마침 잘된 기회라는 생각이 들었다.

"그건 긍정적으로 검토해 보죠. 어차피 예능도 한 번은 해보고 싶었으니까요."

"맞아. 프로그램 시작하고 나서 자네 이야기가 많이 나왔다고 하더라고."

시청자 게시판에 주혁의 이름이 많이 올라왔다. 강렬한 시구를 보여준 강주혁을 사람들은 잊지 않고 있었다. 제작진도 주혁의 참여를 바라고 있었는데, 요즘 아주 핫한 배우 중 한 명이었으니 나오기만 한다면 시청률은 보장된 거나 마찬가지여서 그랬다.

"나도 봤는데, 프로그램이 괜찮은 것 같더라고."

첫 회라서 선수 선발하고 연습하는 정도만 보여주었는데도 상당히 이목을 끌었다. 벌써 공포의 외인구단을 응원하는 팬들이 생길 정도였다.

"그건 그렇고, 다른 것도 또 있어요?"

"드라마가 하나 들어왔어."

주혁은 기획서를 넘겨보았다. 드라마는 8월이나 되어야 촬영에 들어갈 예정이었다. 일단 시간상으로는 크게 문제가 될 것 같지는 않았다.

"어떤 드라만데요?"

"거기서 요구하는 건 딱 하나더라고. 몸 좋고 연기 되는 배우."

주혁은 기획서를 보면서 질문을 던졌는데, 기재원 대표는 이 작품이야말로 주혁의 매력을 한껏 발산할 수 있는 작품이라고 이야기했다. 일단 주혁의 육체미를 마음껏 보여줄 수 있다는 점이 매력적이라고 했다.

"지금까지 자네 몸을 제대로 보여주는 작품이 없었지 아마?"

"흠, 그렇긴 하네요. 노출을 하는 장면이 별로 없긴 했죠."

"그래서 이 작품이 딱이라는 거야. 솔직하게 말해서 나는 자네 몸이 너무 아까웠거든. 매력 포인트가 있는데 그걸 써먹지 못하니 너무 안타까웠다고."

기재원 대표는 정말 안타까웠다면서 혀를 찼다. 그리고 어지간하면 이 작품을 해보라고 권했다. 색다른 매력을 보여줄 수 있다면서. 그리고 이 작품은 연기력도 있어야 하

고, 액션도 필요하니까 주혁보다 더 적임자는 없다고 단언
했다.

"이 작품은 자네를 위해서 만들어진 것 같은 느낌이 들
어. 자네의 매력을 보여주기에 이보다 더 안성맞춤인 작품
은 없을 걸세."

주혁은 기획서를 보니 기재원 대표의 말이 어떤 것인지
알 수 있었다. 기 대표의 말은 일리가 있었다. 자신에게 아
주 좋은 작품이라는 생각이 들었다. 드라마는 사극이었는
데, 소재가 아주 독특했다.

"조선 시대 도망친 노비를 쫓는 노비 사냥꾼의 이야기라.
괜찮네요. 이거만 봐도 뭔가 색다르다는 느낌이 확 오는데
요?"

주혁은 일단 내용이 마음에 들었다. 그리고 내용을 보다
보니까 생각나는 사람이 있었다.

"이거 지언이하고 같이 해도 괜찮겠는데? 걔도 몸은 아
주 좋으니까."

워낙 성실하고 열심히 하는 친구라서 연기도 꽤 늘었다.
그러니 같이 출연해도 괜찮을 듯했다. 물론 주혁이 원한다
고 다 이루어지는 건 아니겠지만, 적임자라고 추천 정도는
할 수 있는 일 아닌가.

그러고 보면 이번에도 마음 편하게 쉬기는 틀린 것 같았

다. 하지만 조금이라도 빨리 능력을 개발하기 위해서는 야구는 꼭 해야 한다고 생각했다. 그리고 드라마도 욕심이 났다. 작품이 눈에 확 들어오는 게 감이 왔다.

"그런데 드라마 하려면 공포의 외인구단은 두 달 정도밖에는 못 하겠네요?"

"PD가 기간은 짧아도 좋으니까 나와 달라고 하기는 했어. 그리고 일정만 잘 조절하면 한 서너 달은 찍을 수 있을 것 같은데?"

초반부에는 일정이 그렇게 빡빡한 편이 아니니 잘만 하면 병행할 수 있을 것 같다고 했다.

주혁은 가능하면 공포의 외인구단은 오래 하고 싶었다. 그래야 능력 개발에 도움이 될 테니까.

"그러면 그렇게 해보죠. 가능하면 공포의 외인구단을 오래 했으면 좋겠네요."

좋은 작품. 그것보다 배우를 설레게 하는 건 없다. 주혁은 연기력으로 인정을 받고 싶은 마음은 있었지만, 자신만의 매력을 굳이 감출 생각은 없었다. 당연히 조각 같은 몸을 보여주는 것도 찬성이었다.

그리고 단지 몸만 보여주는 작품이었다면 단호하게 거절했을 것이다. 하지만 이 작품은 주인공의 깊은 내면 연기도 필요했다. 연기력과 액션. 자신이 보여줄 수 있는 것을 다

보여줄 수 있는 작품이라는 생각이 들었다.

"여기 최 장군 역할은 지언이가 해도 좋을 것 같아요. 얘가 무게를 잡으면 또 카리스마가 쩔거든요. 모델 할 때 보여주는 모습은 완전히 달라요. 제가 보기에는 딱 적임이네요."

"그래? 뭐 얘기는 해보지. 어차피 결정하는 거야 제작사에서 하겠지만, 추천 정도야 어렵지 않지. 그리고 나도 이 지언이라면 꽤 어울릴 것 같은데."

그렇게 주혁은 영화 촬영 이후의 스케줄을 정리했다. 약간의 조정은 필요하겠지만, 이번에도 휴식은 물 건너 간 것 같았다. 하지만 조금이라도 빨리 능력을 개발해서 다른 상자 주인에 대한 정보를 얻고 싶었다.

지금으로써는 다른 상자를 가지고 있는 두 명의 정보만 얻을 수 있으면, 아무런 문제도 없을 것이라는 생각이 들었다.

'한 명은 로저 페이튼 회장이 분명하니까 나머지 두 명의 정보를 빨리 확인해야 해.'

주혁은 자신의 주변에서 벌어지는 일들이 분명 상자의 주인과 관계가 있다는 느낌이 들었다. 외삼촌의 사고, 철근이 덮친 일, 모두가 누군가가 자신을 노리고 한 행동이었다. 하지만 누구인지, 그리고 목적이 무엇인지 알 수 없으니 답답했다.

'지금은 한시라도 빨리 능력을 개발하는 게 좋아.'

주혁은 기재원 대표에게 영화 촬영이 끝나자마자 바로 공포의 외인구단에 합류하게 해달라고 이야기했다.

"그래도 조금 쉬었다가 하는 편이 좋지 않을까? 너무 급박하게 일을 하는 거 아냐?"

"아뇨, 빨리 참여하고 싶어요. 아시잖아요, 저 야구 좋아하는 거."

기재원 대표는 조금 걱정스럽다는 표정이었지만, 워낙 에너지가 넘치는 주혁이어서 그러려니 했다. 하기야 그런 고된 촬영 스케줄을 소화하면서도 이렇게 생생한 걸 보면 바로 뛰어들어도 괜찮을 듯싶기도 했다.

"좋아. 자네가 그렇게 원한다면 그렇게 하지. 대신 혹시라도 몸에 무리가 간다거나 하면 바로 이야기하라고. 자네 건강이 우선이야. 자네가 아무리 체력이 좋다고 해도 강철은 아니라고."

"그럼요. 이상이 있을 것 같으면 바로 이야기 드릴게요."

상황은 그렇게 정리되었다. 주혁은 자신을 박박 굴려줄 코치진을 기대하면서 영화 촬영을 했다. 그리고 영화 촬영에도 최선을 다했다. 정말 혀를 빼물고 지쳐 죽을 것 같을 때까지 몸을 혹사시켰다.

옆에서 그러지 말라고 사람들이 말려도 주혁은 끝까지 최선을 다했다. 온몸에 있는 에너지를 마지막 한 방울까지 쥐어짜는 심정으로 움직였다. 보는 사람들이 감동을 받을 만큼 열심이었다.

*   *   *

이상하게도 부상의 악몽은 끝나지 않았다. 초랭이가 팔을 다친 거였다. 하지만 초랭이를 빼고 촬영을 할 수는 없었다. 어쩔 수 없이 팔이 다친 채로 촬영을 해야 했다.

그렇다고 대놓고 깁스를 할 수는 없는 노릇이라 처음에는 오른팔을 구부린 채 촬영하다가 나중에는 붕대를 감고 촬영을 계속했다. 그래서 후반부에 찍은 장면은 원래 의도와는 다르게 팔이 불편한 상태로 초랭이가 계속 나왔다.

정말 눈물겨운 투혼이었다. 주혁은 그런 모습을 보면서 정말 선배들에게 배울 점이 많다고 느꼈다.

그리고 촬영은 정말 막바지를 향해서 달려가고 있었다.

주혁은 준석과의 마지막 대결 장면을 촬영하면서 정말 즐거웠다. 강력한 카리스마를 가진 대배우의 포스에 맞서서 자신의 연기를 선보이니 즐겁지 않을 수가 있겠는가. 두 사람은 추적자에 이어서 다시 한 번 정면으로 충돌했다.

추적자 때는 주혁이 악인이었다면, 지금은 준석이 악인이라는 점이 달랐다. 하지만 두 배우의 엄청난 연기력이 충돌하는 모습은 옆에서 지켜보기만 해도 심장이 쫄깃쫄깃해질 정도였다. 정말 박진감이 넘치고 화끈한 장면이 카메라에 담겼다.

"너놈이 스승보다 낫구나."
"너놈이 사람 볼 줄 아는구나."

둘의 시선이 허공에서 만나면서 팽팽한 긴장감을 불러일으켰다.

"손님은 뒤통수가 예쁜 법이지."

이어지는 둘의 액션. 준석도 주혁에 못지않은 움직임을 보여주었다. 쉽지는 않았지만, 그렇다고 후배 앞에서 앓는 소리를 할 수는 없는 법. 정말 혼신을 다해서 액션을 찍었다.

그리고 감독은 곧바로 오케이 사인을 냈다. 아주 만족스러운 장면이 나와서 흡족한 마음이었다.

지동훈 감독은 이 배우들이 만들어내는 앙상블이 너무나

도 좋았다. 이런 연기자들과 작품을 할 수 있다는 건 정말 행운이었다.

"감독님, 지금 찍을 부분이 전에 찍었던 거기랑 연결되는 거군요. 거문고 갑을 쏘라는."

"맞아. 그 부분이지."

주혁은 마지막 액션을 앞두고 잠시 이야기를 나누면서 휴식을 취했다. 이런 극의 흐름을 이해하고 연기를 하는 것과 그렇지 않은 것은 큰 차이가 있다. 그런 작은 차이들이 작품 전체를 아주 풍성하게 하기도 하고 볼품없게 만들기도 한다.

당연히 그런 걸 이해하고 연기하는 게 작품에는 도움이 된다. 그리고 그런 걸 하나하나 세심하게 살피면서 연기하는 배우들이 고마울 따름이었다. 그리고 그런 노력은 바로 촬영할 때 나타났다.

배우들은 절제하면서도 느낌 있는 연기를 보여주었고, 감독은 만족스러운 표정으로 오케이를 외쳤다.

"자, 이제는 보라카이만 남은 건가요?"

"좋겠다. 셋이서는 보라카이까지 놀러도 가고."

준석이 투덜거렸다. 보라카이에는 주혁과 예진, 해진 이렇게 셋만 가는 거였기 때문이었다.

"무슨 말씀이세요. 어디까지나 촬영하러 가는 거라고요,

촬영."

말은 그렇게 했지만, 주혁도 사실 기대를 하고 있었다. 찍어야 할 장면은 아주 짧았다. 그러니 휴가를 가는 느낌도 있었다.

"아무튼, 다들 수고했어요. 지금 CG 팀도 깜짝 놀랄 거라면서 작업을 하고 있으니까, 결과물 나오면 같이 보자구요."

사람들은 이 작품에 거는 기대가 상당했다. 다른 것보다 액션이 아주 볼만해서 흥행 예감을 하고 있었다. 그리고 배우들의 안정감 있는 연기가 영화를 잘 살리고 있었다. 편집을 해봐야 알겠지만, 정말 초짜가 편집하더라도 괜찮은 작품이 나올 것 같은 느낌이었다.

그만큼 찍은 영상 하나하나가 느낌 있고 좋았기 때문이었다.

"자, 가서들 쉬고, 촬영 남은 멤버들은 보라카이 가서 마무리합시다."

주혁은 드디어 이번 영화도 거의 끝냈다는 생각에 가슴이 뿌듯해졌다. 특히나 몸을 쓰는 장면이 많았는데, 상자의 덕분인지 아주 잘 소화할 수 있었다. 그리고 자신이 보아도 만족스러운 결과물이 나왔다.

그리고 앞으로 있을 공포의 외인구단과 새로운 드라마에

대한 기대감도 더 커졌다.

'능력이 좋아졌으니 두 개를 찍을 때도 분명히 도움이 되겠지?'

주혁은 두 작품 모두 기대를 해도 좋겠다는 생각을 했다.

CHAPTER **40**
공포의 외인구단

보라카이에서의 촬영은 지금까지 수고한 것에 대한 보상 같다는 기분이 들었다. 도착하니 한국에서는 볼 수 없었던 아름다운 경치가 펼쳐져 있었다. 양털 같은 구름이 하늘을 뒤덮고 있었고, 에메랄드빛 바다는 보석처럼 아름다웠다.

　촬영을 한 곳은 푸카 셸 비치라고 불리는 곳이었는데, 사람들이 왜 이곳으로 여행을 오는지 알 수 있었다. 정말 그림 속에서나 볼 수 있을 것 같은 그런 풍경이었다. 너무나도 아름다운 곳이어서 오히려 비현실적으로 느껴질 정도였다.

이 세상에 존재하지 않는 그런 장소 같은 느낌이라고나 할까.

덕분에 사람들은 잠시나마 휴가 기분을 낼 수 있었다. 그렇다고 촬영을 소홀히 했다거나 그런 건 아니었다. 찍어야 할 부분을 모두 마치고 나서 휴식을 취한 거였다. 정말 이곳에 있으면 마음속까지 깨끗하게 씻겨 내릴 것 같다는 생각이 들었다.

그렇게 전우치의 모든 촬영을 마친 게 벌써 일주일이 넘었다.

주혁은 이번 영화를 찍으면서 가장 큰 소득은 와이어 액션을 정말 원 없이 해보았다는 점이라고 생각했다.

'아마도 앞으로는 어떤 와이어 액션이 있어도 할 수 있을 거야.'

주혁은 스트레칭을 하면서 그런 생각을 했다.

그리고 그의 옆에서는 원재훈 PD가 이런저런 이야기를 해주고 있었다.

"오늘 심사하실 분은 김인석 감독님하고 박건준 코치님이신데, 떨어질 일은 없을 테니까 걱정하지 않아도 됩니다. 그냥 평소 실력대로만 해주시면 되고요."

주혁은 몸을 풀면서 고개를 끄덕였지만, 절대로 대충 할 생각은 없었다. 아니, 이렇게 좋은 기회가 또 어디에 있단 말인가. 예능에 출연해서 친근한 이미지로 다가가면서 능력도 개발할 기회.

만약에 추적자 같은 작품을 했다면 예능에 출연하지 않았을 것이다. 사이코패스 연쇄살인마 역을 했던 배우가 예능에 나오면 이미지가 확 깨지 않겠는가. 하지만 전우치는 유쾌하고 능청스러운 캐릭터라서 예능에 나와서 친근한 이미지를 심어주는 것도 나쁘지 않다고 보았다.

소속사나 제작사 모두 찬성한 일이었다. 그래서 주혁은 아주 제대로 해보기로 마음먹었다. 그래서 보라카이에서 돌아오자마자 황태자에게 부탁해서 한강 둔치에 있는 건물에서 특별 훈련을 했다.

거기에 있는 배 집사는 예전에 프로야구 선수 생활을 했던 사람이었다. 그 사람이 직접 봐주니 몸을 만드는 것도, 투구하는 것도 도움이 되었다. 그래서 지금 최상의 컨디션을 만들어놓은 상태였다.

"그리고 예능은 처음이시라니까 말씀드리는 건데요, 처음에는 그냥 편하게 하시면 됩니다. 그러다가 반응 봐서 캐릭터를 잡아나가는 걸로 하죠."

예능도 캐릭터를 잡는다. 거기에 나오는 사람들이 원래 그런 성격이고, 그런 스타일인 것이 아니라 일종의 연기를 하는 것이다. 원래 성격과 비슷한 캐릭터를 잡는 경우도 있기는 한데, 주혁의 경우는 가능하면 약간 능청스러운 캐릭터를 하려고 생각하고 있었다.

연기하는 것이야 어려울 것 없었고, 전우치 홍보도 겸해서 하려면 그런 식으로 접근하는 편이 더 좋을 것 같아서였다. 그러면서 원재훈 PD는 일반적인 예능과는 많이 다르니 걱정하지 않아도 된다고 누누이 강조했다.

토크쇼와 같은 형식이 아니라 많이 움직이는 거라서 확실히 부담은 덜했다. 계속 자리에서 이야기하고 리액션을 하는 건 아직은 낯설어서 부담스러웠기 때문이었다. 그리고 프로 관계자 앞에서 심사를 받는다고 생각하니 조금 긴장이 되기는 했다.

연기할 때와는 또 다른 종류의 긴장감. 하지만 주혁은 묵묵히 스트레칭을 마치고 연습 투구를 시작했다.

쉬이이이익.

퍼엉.

손끝에서 공이 날아가는 감촉이 나쁘지 않았다. 실밥이 손에 걸리는 느낌. 공이 잘 던져지는 날 오는 느낌이다.

그렇게 연습 투구를 하고 있는데 심사위원들이 도착했다. 프로야구 TV 중계에서 자주 볼 수 있었던 얼굴들.

무척 신기한 느낌이었다. 그리고 그건 지금 이 자리에 온

김인석 감독이나 박건준 코치도 비슷한 모양이었다. 유명한 연예인을 가까이서 보는 게 익숙하지 않은 듯해 보였다.

그렇게 서로 약간은 뻘쭘한 상태로 테스트가 진행되었다. 하지만 테스트가 시작되니 사람들의 시선이 확 달라진 걸 느낄 수 있었다. 야구공이 움직이니 감독과 코치의 눈빛과 자세에서 벌써 날카로움이 느껴졌다.

쉬이이익. 펑.

주혁은 슬쩍 고개를 돌려 속도를 확인했다.

125㎞.

가볍게 던진 것 치고는 나쁘지 않았다. 주혁은 80% 정도의 힘으로 투구하고 제구력에 신경을 많이 쓸 생각이었다.

"몸 다 풀렸으면, 시작해 볼까요?"

주혁은 모자를 벗고 인사를 한 다음 투구를 시작했다. 이미 며칠 동안 연습을 충분히 한 상태였고, 몸도 더워져 있었다. 주혁은 일단 직구부터 힘껏 뿌렸다. 뻐엉 하는 소리가 실내에 울려 퍼졌다. 포수의 미트에 꽂히는 주혁의 공은 아주 묵직했다.

131㎞.

두 명의 심사위원은 주혁의 투구를 관심 있게 지켜보았다. 그리고 수시로 이야기를 나누었는데, 대부분 긍정적인 이야기였다.

"폼이 좋네. 아주 부드러워. 구속도 저만하면 됐고."

"예, 감독님. 제구력도 나쁘지 않은 것 같습니다. 포수가 가져다 대는 데로 거의 들어가네요."

두 심사위원의 표정이 제법 밝아졌다. 생각했던 것보다 실력이 좋았다. 공포의 외인구단은 사연이 있는 사람들을 모아서 사회인 야구 1부 리그에 도전하는 프로그램이었다. 사회인 야구 1부 리그. 절대로 만만한 곳이 아니다.

프로야구 2군과도 단기전으로 붙으면 어떻게 될지 모른다는 강자들이 모여 있는 곳이 사회인 야구 1부 리그다. 하지만 감독과 코치는 긍정적으로 생각하고 있었다. 지금까지 공포의 외인구단에 모인 멤버 중에는 가능성이 있는 사람들이 있었다.

외국 리그에 가서 뛰던 선수도 있었고, 사정상 운동을 포기했던 사람도 있었다. 뒤늦게 꿈을 찾아서 다시 도전한 직장인도 있었고, 배울 기회가 없어서 재능이 꽃피지 못한 사람도 있었다.

정말 사연이 있는 사람들이 이렇게 많았구나 하는 생각이 들었다. 그런 사람들 중에서 실력자들로만 가려 뽑았으니 멤버가 꽤 훌륭했다. 거기에다가 실력파 연예인 몇 명이 포함된 거였다.

그런데 아쉬운 점은 투수 쪽이 조금 약하다는 점이었다.

야구에서 투수의 비중은 엄청나다. 그런데 주혁이 가능성이 있었다. 좌완에 구속도 130㎞ 정도가 나왔다. 심사위원들은 이 정도면 팀에 큰 도움이 되리라 생각되었다.

그리고 원재훈 PD는 심사위원들과는 다른 측면에서 만족하고 있었다. 주혁의 투구를 보고 있으니, 일단 그림이 좋았다.

사연 있는 참가자들은 이제 충분했다. 그리고 웃음을 주는 캐릭터도 있었다. 그러니 웃음과 감동은 준비된 것이다.

거기에 화룡점정. 비주얼 담당은 강주혁이 맡으면 되는 거였다.

정말 배우는 다른 존재구나 하는 생각이 들었다. 그냥 마운드에서 공을 던지는 것도 어쩌면 저렇게 간지가 나는 건지. 다른 투수들이 마운드에 올라갔을 때와는 느낌이 달랐다.

이것으로서 여성 시청자에 대한 고민도 덜 수 있었다.

이 프로그램을 만들면서 가장 고민이 되었던 부분이 그 부분이었다. 여성 시청자. 물론 야구 좋아하는 여자도 많다. 하지만 그것만 가지고는 부족했다. 그래서 여성에게 매력을 어필할 수 있으면서도 야구 실력이 뛰어난 연예인을 찾은 것이다.

하지만 그런 사람은 정말 찾기 어려웠다. 실력이 좋으면 매력이 부족했고, 매력이 넘치면 실력이 모자랐다. 그런데 드디어 마지막 카드가 완성되었다. 아마도 강주혁이 나온 다고 예고편만 때려도 시청률이 몇 %는 오르지 않을까 하는 생각이 들었다.

"혹시 변화구도 던질 줄 아는 것 있어요?"

"슬라이더하고 커브를 던지기는 하는데, 익숙하지는 않습니다."

심사위원들은 괜찮으니까 한번 던져 보라고 이야기했다. 어차피 야구를 했던 사람이 아니라 연예인이니 그런 점이야 충분히 참작하고 보면 될 일이다. 그런데 커브는 그다지 좋지 않아 보였지만, 슬라이더는 꽤 쓸 만했다.

"감독님, 슬라이더는 궤적이 나쁘지 않은데요?"

"저 친구 정말 야구 한 적이 없어? 아무리 봐도 제대로 배운 것 같은데?"

김인석 감독은 고개를 갸웃거렸다. 1군은 무리겠지만, 잘만 가다듬으면 2군에서 원 포인트 릴리프로는 쓸 수도 있을 것 같았다. 그런데 그런 실력을 가지고 있는 사람이 야구를 배운 적이 없다? 믿어지지 않았다.

"예, 저도 믿어지지는 않는데, 정말 경력은 없습니다."

"저 친구는 연예인 하지 않았으면, 선수 했어도 괜찮았겠어. 지금이야 나이가 있어서 좀 그렇지만."

심사위원들은 주혁의 투구를 보면서 계속 의견을 교환했다. 갈수록 제구력은 흔들렸지만, 위에서 찍어 누르듯이 던지기 때문에 공이 묵직했다. 그리고 손가락을 채는 거, 몸의 힘을 공에 싣는 방법. 아무리 봐도 아마추어라고는 보이지 않았다.

주혁은 두말할 것 없이 합격했고, 그렇게 공포의 외인구단에 합류하게 되었다.

*   *   *

"야, 저 인간 뭐냐?"

"뭐가?"

투수인 이종호는 자신과 동갑인 이성산에게 말을 걸었다. 손가락으로 주혁을 가리키면서. 얼굴은 땀으로 범벅이었고, 쉴 새 없이 숨을 헐떡이고 있었다.

그리고 그 옆에 주혁이 계속해서 호루라기 소리에 맞추어 움직이고 있었다.

지금은 체력 훈련 중이었는데, 그래도 계속 운동을 해왔다는 자신들보다 연예인인 강주혁이 더 펄펄 날고 있었다.

처음에 배우인 강주혁이 합류한다고 했을 때, 사실 내부적으로는 약간 묘한 분위기가 흘렀다. 물론 야구 좀 하는 사람 치고 강주혁 시구 동영상을 모르는 사람은 없었다. 엄청난 화제가 된 일이었으니까.

하지만 그래도 운동을 계속해 온 자신들보다야 잘할 리가 있겠느냐는 생각이 있었다. 그리고 사실 이곳에 온 사람들의 목표는 궁극적으로는 프로 데뷔였다. 여기서 잘 배우고 프로 구단 관계자들의 눈에 들어서 프로 무대를 밟는 게 꿈이었다.

물론 쉽지 않다는 건 잘 안다. 이중에서 한 명도 프로 1군 무대를 밟아보지 못할 수도 있었다. 그래도 경쟁은 치열했다. 이것이 정말 마지막 기회라는 걸 모두들 깨닫고 있었으니까. 그래서 연예인들은 후보 선수라는 인식이 강했다.

"아니, 저 인간은 뭘 저렇게 열심히 하는 거야? 아니, 그걸 떠나서 무슨 체력이 저렇게 좋아?"

"그러게 말이다. 어떻게 지치지를 않냐."

연예인들이야 다급할 게 없지 않은가. 그러니 적당히 양념을 쳐 주는 역할만 한다고 생각하고 있었다. 그리고 훈련을 거듭할수록 그런 게 명확하게 드러났다. 아무래도 연예인들보다는 운동을 했던 사람들이 훈련 성과도 잘 나왔다.

그래서 상당히 기대했었다. 다들 유명한 프로 관계자들로부터 훈련도 받고 하니까 힘이 좀 들어갔었다. 하지만 어림없는 일. 현실의 벽은 높기만 했다. 지금까지 사회인 야구 1부 리그 팀과 두 경기를 했다.

첫 경기는 콜드게임으로 패했다. 힘도 제대로 써보지 못하고 당한 거였다. 우승권에 있는 강팀이라고는 하지만, 그래도 나름대로 붙어볼 만하다고 생각했던 사람들은 크게 실망했다. 사실 제작진이 일부러 강팀을 섭외한 것이기도 했고.

그래서 악착같이 연습을 했다. 그리고 아직 방송은 되지 않았지만, 두 번째 경기를 얼마 전에 했었다. 하지만 이번에도 완패했다. 하긴 한두 달 연습했다고 실력이 그렇게 확확 늘었다면 다들 프로에 가고도 남았을 것 아닌가.

그래도 고무적인 사실도 있었다. 체계적으로 배우다 보니 확실히 느는 속도가 빨랐다. 확실히 전보다는 나아졌다는 걸 확인할 수 있었다. 투수들은 구속과 제구력이 좋아졌고, 야수들도 실력이 다들 늘었다.

처음에는 콜드게임으로 졌었는데, 이번에는 그래도 중반까지는 제법 팽팽하게 경기가 진행되었으니까. 중반 이후에 와르르 무너지기는 했지만. 그래서 더욱더 연습에 매진했다.

늘 먼저 떨어져 나가서 헥헥대는 건 연예인들이었다. 그런데 오늘 온 주혁은 달랐다. 같이 연습하던 어떤 사람보다도 기초 체력이 좋았다. 지금 자신들이 먼저 퍼져서 헥헥대고 있었다.

"징허다, 징해. 저 사람 그냥 현역보다도 잘 뛰는 것 같지 않아?"

주혁은 끝까지 훈련을 소화하고 있었다. 마치 지금 이걸 하지 않으면 큰일이라도 난다는 듯이.

그 모습을 끝까지 지켜보고 있던 이종호는 훈련이 끝나자 강주혁에게 다가갔다.

"강주혁 씨, 내 솔직히 말할게요. 연예인이라고 좀 우습게 봤었는데, 오늘 감탄했수. 앞으로 잘 지내봅시다."

이종호가 먼저 손을 내밀었다. 운동했던 사람으로서 몸이 저런 상태가 되려면 어떤 과정을 거쳐야 하는지 잘 안다. 그냥 헬스클럽에서 운동 좀 한다고 저렇게 움직일 수 있는 게 아니다. 그런 사실을 잘 아는 사람들은 너도나도 주혁에게 몰려들었다.

동질감. 같이 땀을 흘리고 운동을 한 사이. 그리고 정말 자신들처럼 열심히 운동했던 동료로서 주혁을 인식했다.

약간의 오해가 뒤섞이기는 했지만, 주혁은 개의치 않았다. 오히려 사람들과 잘 지낼 기회가 된 것 같아서 즐거운 마음이었다.

"아니, 그런데 운동은 언제 그렇게 했어요?"

"원래 운동하는 걸 좀 좋아해서요. 농구도 좀 하고 야구나 축구도 좋아하거든요."

"아, 하긴 저번에 의학 드라마인가 거기서 농구 하는 거 보니까 확실히 자세가 좀 나오더만."

남자들끼리 운동 이야기를 하다 보니 그들 사이에 있었던 어색함은 그들 뺨에 있다가 사라진 땀방울처럼 순식간에 증발해 버렸다.

그렇게 공포의 외인구단은 슬슬 모습을 갖추어가고 있었다.

사실 주혁은 경기에 나가는 부분은 다른 선수들에게 많이 양보할 생각이었다. 자신은 연습이 가장 중요했다. 쓰러질 정도로 연습해서 체력을 빨리 고갈시키는 것. 그리고 전우치 홍보에 도움이 되게 더그아웃에서 능청스러운 캐릭터를 보여주는 것.

그 정도면 충분했다. 그러니 실력을 검증받고 선보이는 자리에는 여기에 사연을 가지고 모여든 선수들이 서는 게 옳다고 생각했다. 그리고 자신은 최대한 그런 걸 보조해 주기만 하면 된다고 여겼다.

"나는 정보만 알아내면 그만이니까."

그런데 그 자격은 도대체 얼마나 지나야 하는지 그걸 알 수 없어서 답답했다. 그래도 동전도 새로 확보를 했으니, 당장은 위험할 일은 없다는 생각에 안심이 되긴 했다.

*   *   *

"저기, 주혁 씨. 그래도 예능인데……."

원재훈 PD가 훈련하고 있는 주혁 옆에 와서 이야기를 건넸다. 굉장히 난처한 표정이었다. 날것처럼 보이는 걸 좋아해서 가능하면 촬영 중에는 끼어들지 않는 원재훈 PD였지만, 지금은 그럴 수가 없었다.

사실 주혁이 참가하기로 한 이후에 이런 문제가 생기리라고는 상상하지도 못했다. 주혁은 너무 열심히 훈련을 받았다. 사실 열심히 하는 게 무슨 문제가 되겠는가. 그런데 문제가 되었다. 훈련을 너무 열심히 받아서 방송 분량이 잘 나오질 않았다.

주혁이 연예인으로 여기 참가한 것이지 선수로 참가한 건 아니지 않은가. 그런데 보면 선수들보다도 더 열심이었다. 보는 사람이 기가 질릴 정도로.

"주혁 씨, 그러니까 시청자들이 원하는 건 주혁 씨의 인간적인 모습이나 그동안 잘 알지 못했던 그런 걸 보고 싶어해요. 열심히 훈련하는 모습이 아니란 말이죠."

이렇게 훈련하는 거야 방송에 몇 분이나 나가겠는가. 이게 무슨 휴먼 드라마나 다큐멘터리도 아니고 말이다. 그나마 건질 만한 건 몸 좋은 연예인들과 선수들이 웃통을 훌렁 훌렁 벗은 훈훈한 장면이었다.

"훈련하면서야 뭐 그런 걸 보여줄 거리가 있어야 말이죠. 오늘 경기하니까 그때는 제대로 할게요."

PD는 이따 경기에서는 잘 부탁한다면서 자리를 떠났다. 그리고 멀찌감치 떨어져서는 혼자 중얼거렸다.

"보기에는 그렇게 안 생겼는데, 참 독하네. 하긴 저런 성격이니까 젊은 나이에 성공했겠지."

사람은 누구나 편해지고 싶어 한다. 공부하고 훈련하기 좋아서 하는 사람이 어디 있겠는가. 쉬고 노는 게 누구나 더 좋다. 그걸 참고 할 수 있는 사람. 그런 사람이 성공하는 사람이다.

물론 주혁은 조금 다른 이유가 있었지만.

'이런 좋은 기회가 왔는데, 놓칠 수야 없지. 상자 주인의 정체만 알아내고 나면 나도 이렇게 힘든 거 다 때려치우고 여행이나 다닐 거다.'

주혁은 하기 싫었지만, 이를 악물고 참아냈다. 지금 촬영이 아니더라도 어차피 할 거였다. 그런데 이렇게 알아서 자리를 마련해 주었으니 최대한 활용하겠다는 생각이었다. 정말 게으름 피우지 않고 너무나도 열심히 했다.

그래서 이제는 아예 감독이나 코치는 주혁은 처음에만

알려주고 다른 사람들만 관리했다. 주혁은 알아서 잘했으니까.

박건준 코치가 그런 주혁을 보고는 너무나도 아까워했다.

"감독님, 저 친구는 정말 아쉽네요. 일찍부터 운동 시작했으면, 지금쯤 정말 좋은 선수가 되어 있을 것 같은데요."

감독도 아쉬웠지만 어쩌겠는가. 지금은 너무나 유명해진 배우인 것을. 덕분에 다른 선수들도 이를 부득부득 갈면서 덤벼들었다. 배우에게 밀린다는 소리는 듣기 싫었기 때문이었다.

PD는 자신들은 퍼져 있고, 멋지게 생긴 주혁이 땀을 흘리면서 훈련하는 영상만 쭉쭉 뽑아서 편집할 것이다. 아니, 그 장면이 전국에 방송되고 나면 어떻게 얼굴을 들고 다닌단 말인가. 절대로 그럴 수는 없었다. 그러다 보니 전체적인 훈련 분위기가 굉장히 뜨거웠다.

* * *

PD는 주혁의 분량을 많이 뽑고 싶었다. 확실히 시청률에 차이가 있었기 때문이었다. 초반에 5%대의 저조한 시청률로 출발한 프로그램이 주혁이 처음 등장한 회에는 7%대를 넘겼다. 그리고 주혁을 비롯한 남자들의 상체가 공개된 지난 회에는 드디어 10%를 넘었다.

"키야, 정말 죽이긴 죽여요. 남자들 몸이 그렇게 멋져 보이는 건 저도 처음이었어요."

"내가 봐도 멋진데, 여자들이야 오죽하려고."

FD는 자기도 저런 몸이었으면 정말 좋겠다는 이야기를 했다. 원재훈 PD는 피식 웃었다.

"사람들 훈련하는 거 봤지? 너도 그렇게 훈련하면 될 수 있어."

PD의 말에 FD는 질린 표정으로 뒤로 물러섰다. 정말 옆에서 보고만 있는데도 지칠 것 같았다. 방송국에서 일하느라 배가 뽈록 튀어나온 지금 그런 훈련을 했다가는 몇 분도 하지 못해서 바닥에 쓰러질 것이다.

"그나저나 이제는 1승을 해주면 딱 좋은데 말이야."

확실히 실력이 나아지는 게 보였다. 팀워크도 좋아졌다. 하지만 아직은 승리를 거두지 못하고 있었다. 특히나 저번 경기는 너무나도 아쉬웠다. 막판까지 역전에 재역전을 하는 대결을 벌이다가 끝내기 안타를 맞고 패했으니까.

그래도 시청률은 높았다. 땀 흘리면서 같이 운동하고 사나이들끼리 등목을 하면서 장난도 치고 우정도 나누는 모습이 보기 좋았던 것이다. 거기다가 비록 패하기는 했지만,

전과는 달리 손에 땀을 쥐게 하는 경기를 했다.

PD는 오히려 패한 것이 더 좋았다고 생각했다. 경기가 끝나고 느껴지는 진한 아쉬움. 만약 그것이 이번에 승리로 이어질 수만 있다면 정말 그림이 좋을 것 같았다. 하지만 승패는 자신이 어떻게 할 수 있는 영역이 아니다.

"이번에도 주혁 씨는 중간 계투로 나올 건가?"

"계속 그러기로 했잖아요. 그리고 주혁 씨 타격도 제법이 던데요?"

저번 경기에는 위기 상황에서 투수로 나와서 급한 불도 끄고, 안타도 하나 쳤다. 그래서 역전의 발판이 마련되었었 다. 물론 마무리 투수가 재역전을 허용하기는 했지만, 경기 자체는 굉장히 재미있었다.

"주혁 씨가 선발로 나와도 괜찮을 것 같은데."

"본인이 싫다는데 어쩌겠어요. 그리고 그래서 팀 분위기 도 더 좋아지는 거잖아요."

사실 투수들은 대부분 선발로 나가기를 원했다. 일단 위 기 상황에 등판한다는 것 자체가 부담이다. 그런데 주혁은 아예 처음부터 자신은 중간 계투로만 나가겠다고 공언을 해버렸다.

사실 공포의 외인구단에 선발과 셋업맨, 마무리를 나눌 생각은 없었다. 골고루 기회도 주고 상황에 따라서 기용할 생각이었다. 그런데 주혁이 셋업맨을 자처하자 여러모로 선수 운용이 편해졌다.

사실 중간 계투는 매 경기 불펜에서 대기해야 하니 체력 소모가 심하다. 거기다가 위기 상황에서 등판하게 되니 정신적으로도 피곤할 수밖에 없다. 그래서 주혁은 자신이 그 일을 하겠다고 나선 거였다.

얼마나 멋진 일인가. 체력과 정신력을 같이 소모할 수 있는 기회라니. 그래서 주혁은 저번 경기에서도 원 아웃에 주자 2, 3루 상황에 등판했다. 좌타자 타석이라 나온 거였는데, 첫 타자는 삼진으로, 두 번째 타자는 땅볼로 처리하면서 점수 차가 벌어지는 걸 막아냈다.

"하긴 주혁 씨가 그렇게 궂은일을 하겠다고 나서니까 사람들이 더 잘 뭉치게 된 건 있지. 자료는 미리미리 잘 준비하고 있지?"

PD는 그 부분도 꼭 써먹으려고 준비하고 있었다. 몇몇 선수의 인터뷰도 미리 따두었다.

"하긴 중간 계투로 나오는 게 더 좋을 수도 있어. 매 경기 나오게 되는 거니까."

PD는 일이 잘되려면 오늘 뭔가 터져 줘야 한다고 생각하고 있었다. 가끔 그런 경우가 있다. 의도치 않게 일이 잘 풀리는 경우가. 예능 바닥에 전설처럼 내려오는 양심냉장고의 경우처럼 말이다.

하지만 공포의 외인구단은 아직까지는 공포의 대상이 아니었다. 그리고 상대 팀도 급조된 예능에 나오는 팀에 질생각이 없어 보였다.

깡.

"아~"

경쾌한 금속음과 더불어 더그아웃에 있는 사람들의 입에서 일제히 탄식이 배어 나왔다. 지금까지 호투하고 있던 이종호가 안타를 맞은 거였다. 노 아웃에 주자가 1, 2루 상황이었는데, 3번 타자에게 성급하게 승부를 들어간 게 화근이었다.

바깥쪽 낮은 직구를 상대 팀 3번 타자는 가볍게 툭 밀었고, 공은 유격수와 3루수 사이를 빠져나갔다.

"쟤는 선출로 봐야 하는 거 아냐?"

"중학교까지만 뛰었다고 하잖아. 그래도 잘하긴 잘하네."

상대 팀은 클린업트리오가 무척 강했다. 4번 타자는 대학교까지 선수로 뛰었던 선출이었고, 3번과 5번 타자도 중학교 때까지 경험이 있는 선수들이었다. 다만 중학교 때까지만 선수로 뛰었던 사람은 선출로 보지 않아서 출전할 수 있는 거였다.

사회인 야구의 규칙은 리그마다 조금씩 달랐다. 그래도 어느 정도 통용되는 규칙은 있었는데, 1부 리그의 경우 선출은 3명 이상 나오지 못하고, 선출이라도 40세 이상이면 사회인으로 인정해 주었다. 그리고 중학교까지만 야구를 한 사람도 선출이라고 보지 않았다.

하지만 이 팀의 3번과 5번은 선출이라고 보아도 무방할 정도의 실력을 자랑하고 있었다. 그래서 몇 년째 1부 리그에서 우승을 하는 것이기도 했다.

박건준 코치가 타임을 부르고는 천천히 마운드로 올라갔다. 0의 행진이 깨진 지금. 여기서 점수를 더 내준다면 승부는 완전히 기울 수 있었다. 노 아웃에 주자는 1, 3루. 게다가 선출인 4번 타자.

"수고했어."

이종호는 고개를 숙이고는 공을 넘기고 마운드에서 내려왔다. 아쉬웠다. 3회까지 점수를 내주지 않고 있었기 때문에 더욱 그랬다.

그리고 몸을 푼 강주혁이 천천히 마운드로 걸어갔다. 그러자 갑자기 관중석에서 환호성이 터졌다. 주혁을 보러 온 팬들이 내지르는 함성이었다.

큰 경기장은 아니었지만, 관중석이 꽉 차 있었다. 사회인 야구로서는 보기 힘든 광경이었다. 주혁은 마운드에 올라서는 연습 투구를 했다. 그리고 그 옆에서 상당한 덩치를 가진 4번 타자가 공에 맞추어 배트를 휘두르고 있었다. 상대 투수가 던지는 공에 타이밍을 재보는 거였다.

'선출이라고 하더니.'

확실히 선수 출신은 뭔가 달라도 달랐다. 하기야 적어도 10년 이상을 야구 선수로 살아왔던 사람인데 일반인과 같을 수 있겠는가. 벌써 배트를 잡고 휘두르는 폼이 달랐다. 하지만 주혁도 쉽게 점수를 내줄 생각은 없었다.

"플레이볼."

주심은 경기 재개를 선언했고, 승부가 시작되었다. 미리 감독과 코치로부터 받은 언질이 있었다. 상대 타자라고 약점이 없는 건 아니었으니까.

"승부욕이 강하니까 초구부터 방망이가 나올 확률이 높아. 그러니까 초구는 바깥쪽에서 도망가는 슬라이더로 가자고."

일부러 연습 투구를 할 때, 직구 구속을 높이지 않았다. 상대도 처음 주혁을 상대하니 어떤 유형의 투수인지 알지 못한다. 그리고 지금까지는 직구만 던져 왔다. 그 모든 것이 초구로 들어가는 슬라이더가 먹힐 가능성을 높여주고 있었다.

부웅.

예상대로 초구부터 배트가 나왔다. 그것도 마음먹고 휘두른 거였다. 하지만 공은 방망이를 모른 척한 채, 획 토라지면서 포수의 미트에 안겼다.

타자의 얼굴이 조금 붉어졌다. 완전히 당했다는 걸 알았기 때문이었다. 선수 출신인 자신이 배우에게 당했다는 생각에 더욱 화가 난 것 같았다. 배트를 움켜쥔 손에 힘이 잔뜩 들어갔고, 팔의 근육이 꽉 조여지는 느낌이었다.

"세잎~"

주혁은 1루 주자에게 견제를 했다. 상대가 치고 싶어 할 때 굳이 공을 던질 이유는 없다. 집중력이 높아지면, 그만큼 안타를 맞을 확률도 높다. 주혁은 감독의 조언대로 1루 주자를 견제하면서 타이밍을 조절했다.

주혁은 주자에게도 신경을 쓰고 타자와도 수 싸움을 벌였다. 주자 역시 언제라도 2루로 뛸 수 있다는 듯 바쁘게 움직이면서 주혁의 신경을 건드렸다. 주혁이 아직 세트 포지션에 익숙하지 않다는 사실을 노린 거였다.

하지만 주혁은 상대가 뛸 생각이 없다는 걸 알 수 있었다. 원래 그런 성격인지는 모르겠지만, 1루 주자는 상당한 부담을 느끼고 있었다. 하기야 언제 카메라가 돌아가는 곳에서 경기를 해보았겠는가. 그리고 이렇게 가득 찬 관중이

소리를 질러대는 곳에서.

하긴 자신도 꽤 흥분되었다. 이런 분위기는 쉽게 접해보지 못한 경험이어서 그랬다. 주혁은 일본과 중국에서 팬 미팅을 한 생각이 났다. 이것보다도 훨씬 더 큰 함성과 엄청난 인파가 있었던 기억이 떠올랐다. 그러자 마음이 조금 편안해졌다.

"아까워. 저 친구는 야구를 했어야 하는 건데."

감독이 주혁의 표정을 보더니 중얼거렸다. 빠르게 마음의 안정을 되찾는 걸 본 거였다. 노력하는 자세, 그리고 재능. 모든 면에서 아까웠다.

그리고 주혁의 2구도 1구와 마찬가지였다. 똑같은 코스의 똑같은 공.

틱.

이번에는 대비하고 있어서인지 파울이 났다. 투 스트라이크. 타자에게 절대적으로 불리한 상황이다. 하지만 타자는 주눅이 들지 않았다.

'하긴 선출이니 이런 경험도 많이 해봤겠지.'

주혁은 박건준 코치가 해준 말을 다시 떠올렸다. 카운트가 투 스트라이크가 되면, 타자는 타석에 바싹 붙을 거라는 말을. 계속해서 바깥쪽으로만 승부를 했으니 자신이라도 그렇게 할 것 같았다.

"배짱 싸움이야. 거기서 몸 쪽으로 바짝 붙는 공을 제대로 넣을 수 있으면, 타자는 꼼짝 못 하고 당하는 거지. 그런데……."

그는 잠시 말을 멈추었다 이야기했다.

"몸 쪽에 붙이지 못하고 가운데로 몰리면, 큰 게 나오겠지.

주혁은 피식 웃었다. 아드레날린이 샘솟는 느낌은 났지만, 긴장한 느낌은 들지 않았다. 그러기에는 자신이 지금까지 경험한 대단한 일들이 너무 많았다.

'내가 실력이야 최고가 아닐지 몰라도, 멘탈은 뒤질 게 없지.'

주혁은 망설이지 않고 몸을 움직였다. 꽉 움켜쥐고 있던 공을 강하게 낚아챘고, 공은 맹렬하게 회전하면서 포수를 향해서 날아갔다. 타자는 마치 공이 자신을 노리고 날아오는 것처럼 느꼈고, 뒤로 흠칫 물러났다.

퍼엉~

"스뚜라익. 아웃~"

심판이 두 팔을 휘저으면서 아웃을 외쳤다. 타자는 멍한 표정으로 포수의 미트를 보았다. 인코스 꽉 찬 공. 허망한 표정으로 타자는 물러섰다. 전광판에 찍힌 구속은 131㎞. 대학 시절 140㎞가 넘는 공도 보았지만, 지금 공이 더 치기 어려웠다.

"저 친구는 선수 했어야 했다니까."

김인석 감독이 안타까워하면서 중얼거렸다.

*   *   *

PD는 우선 지금 상황이 만족스러웠다. 0 대 0으로 흘러가던 팽팽한 경기에서 1실점을 한 공포의 외인구단. 자칫 잘못했으면 와르르 무너질 수도 있는 상황이었다. 노아웃에 주자는 1루와 3루였으니까.

그런 위기 상황에 등장한 주혁이 4번 타자를 삼구 삼진으로 돌려세웠을 때, 원재훈 PD는 쾌재를 불렀다. 기가 막힌 장면이었다. 전기 같은 게 몸을 관통하는 그런 짜릿함이 느껴졌다. 그리고 주혁의 활약은 그것으로 끝난 게 아니었다.

5번 타자는 포수 파울플라이로 잡았고, 6번 타자를 내야 땅볼로 잡으면서 위기 상황을 무실점으로 틀어막았다. 아주 공격적이고 시원시원한 피칭이었다. 보는 사람의 마음을 뻥 뚫어주는 그런 영상. 아주 마음에 드는 그런 장면이었다.

그렇게 4회가 마무리되었고, 5회는 양 팀 모두 별다른 소득 없이 지나갔다. 상대 투수도 호투를 했지만, 주혁도 깔끔하게 틀어막았다. 1사 이후에 비록 안타를 하나 맞기는 했지만, 뒤 타자들을 모두 범타로 처리했다.

그리고 이어진 6회. 드디어 공격의 물꼬가 터졌다. 선두 타자가 2루타를 치고 나간 것이다.

"화이팅~"

"날려 버려어~"

그동안 잠잠했던 공포의 외인구단 더그아웃이 시끄러워졌다. 오늘 처음으로 밟는 2루 베이스. 지독하게 불운이 겹쳐서 경기가 풀리지 않았었는데, 이제야 뭔가가 되려는 모양이었다.

그러자 상대 팀도 투수를 바꾸었다. 분위기가 심상치 않다는 걸 알고는 분위기를 한 번 끊어주고 가려는 거였다. 그리고 나온 투수도 정말 대단했다. 선수 출신이라 그런지 구속이 거의 140㎞에 육박했다.

"아니, 저건 너무한 거 아닌가?"

"프로 출신은 40세가 아니라 45세까지는 선출로 봐야 한다니까."

지금 나온 투수는 프로 2군 출신이었는데, 42세여서 선출로 인정되지 않았다. 하지만 공을 던지는 걸 보면 정말 무시무시했다. 하기야 프로 중에는 40세가 넘어서도 현역으로 뛰는 사람들이 있지 않은가.

"진루타 알지? 어떻게든 1, 2루 사이로 굴리라고"

박건준 코치가 타자에게 차분하게 하라면서 어깨를 두드렸다. 그리고 타자는 2구를 노려서 2루수 앞 땅볼을 때렸다. 자신은 죽었지만, 타자를 3루로 보내는 데는 성공했다.

그리고 이어진 7번 타자의 차례. 공격하는 쪽이나 수비하는 쪽이나 비슷한 생각을 하고 있었다. 공격하는 쪽은 무조건 큼지막한 외야 플라이라도 하나 쳐 주기를. 수비하는 쪽은 절대로 외야로 공을 보내서는 안 된다는 생각을 하고 있었다.

"아우, 땅바닥으로 오는 공에 방망이가 왜 나가."

타자가 크게 헛치자 안타까운 마음에 사람들이 안달했다. 투수가 던진 구질은 포크볼. 외야로 공을 보내지 않기 위해서 투수는 낮게 제구를 하고 있었다. 높은 공이 오면 좋기야 하겠지만, 상대가 쉽사리 그런 공을 줄 리 만무했다.

그렇다고 낮은 공을 치지 않을 수도 없는 일이다. 스트라이크 존으로 들어오는 공을 바라만 보고 있을 수는 없는 일이었으니까. 그런데 이번에는 공이 오다가 뚝 떨어졌다. 원 볼 투 스트라이크. 타자에게 절대적으로 불리한 볼카운

트다.

"감독님, 대타 준비시킬까요?"

다음 타석은 주혁의 차례였다. 저번에 안타를 치기는 했지만, 타격이 아주 뛰어나다고 볼 수는 없었다. 당연히 대타를 내세우는 게 맞는다고 보고는 코치가 질문한 거였다. 하지만 감독은 고개를 저었다.

"그냥 가지. 저번에 안타를 친 것도 있고, 오늘 컨디션도 좋아 보이니까 말이야."

야구에서 데이터는 아주 중요하다. 하지만 데이터가 모든 것을 말해주지는 않는다. 데이터대로 모든 것이 흘러간다면 그것만큼 재미없는 일도 없을 것이다. 감독은 오늘 자신의 감을 믿었다.

4번 타자를 삼구 삼진으로 돌려세울 때부터 주혁에게 뭔가가 있다는 감이 왔다. 뭔가 터질 것 같다는 그런 느낌. 그리고 감독은 지금까지의 경험으로 보아서, 그런 감이 제법 잘 들어맞는 편이라고 생각하고 있었다.

"아우, 그걸 넘기지를 못하네."

더그아웃에 있던 사람들이 모두 벌떡 일어났다가 다들 털썩 주저앉았다. 공을 때리기는 했는데, 유격수의 키를 넘기지 못했다. 그렇게 노아웃에 주자 2루의 상황이 투아웃에 주자 3루의 상황이 되었다.

그리고 드디어 주혁이 타석에 들어섰다. 어김없이 관중석에서는 엄청난 환호성과 비명 소리가 들렸다. 주혁은 그런 소리를 들으니 더욱 힘이 나는 것 같았다. 아무래도 사람들의 환호를 들어야 더 힘이 솟는 체질인 듯했다.

'좋은 공은 주지 않겠지.'

주혁은 노림수를 가지고 들어갔다. 어차피 볼카운트가 불리해지면 자신에게 유리할 게 없었다. 무조건 투 스트라이크 전에 승부를 볼 생각이었다. 그리고 또 하나.

'포크볼은 없을 거라고 했지?'

포크볼은 항상 뒤로 빠질 가능성이 있는 공이다. 7번 타자와의 승부 때도 상당한 위험 부담을 안고 던진 거였다. 하지만 그 덕분에 타자를 쉽게 요리할 수 있었다. 언제든 포크볼을 던질 수 있다는 걸 타자가 인식하고 있는 것만으로도 굉장한 부담이었으니까.

하지만 주혁에게는 그럴 필요성을 느끼지 못했다. 아무래도 연예인이라 조금 쉽게 생각하는 것도 있었다. 다른 구질로만 상대해도 충분하다고 생각하고 있었다.

쐐액~ 퍼엉.

부웅 하는 소리와 함께 주혁의 배트가 허공을 갈랐다. 140km에 가까운 공은 정말 무시무시했다. 무슨 레이저를 쏜 것 같은 느낌이었다. 타이밍을 맞추려고 빨리 휘두른다고 했는데도, 배트가 늦었다.

'이래서는 공을 맞히기도 어렵겠는데?'

하지만 주혁은 포기하지 않고 정신을 더욱 집중했다. 그리고 투수도 주혁의 타격 폼을 보고는 제법이라는 생각을 하고 있었다. 자신의 빠른 공을 치려 할 때, 대부분 몸에 잔뜩 힘이 들어간다. 하지만 주혁은 그렇지 않았다. 타격 폼이 굉장히 부드러웠다.

'폼만 보면, 프로 못지않은데?'

무언가 느낌이 좋지 않았다. 하지만 그렇다고 해서 주혁을 거른다거나 할 일은 아니었다. 그래도 야구를 해본 사람들보다는 주혁을 상대하는 편이 잡을 확률이 높다고 생각했으니까. 게다가 주혁이 나가면 역전 주자였다.

투 아웃이니 주자의 스타트는 빠를 것이고, 9번 타자가 큰 거라도 치는 날에는 정말 역전되는 것이다.

'그래도 모르니 공 하나는 빼보자.'

투수는 유인구를 선택했다. 하지만 주혁은 속지 않았다. 공을 끝까지 보면서 집중력을 놓치지 않고 있었다.

주혁은 집중력이 높아지니 투수의 공이 잘 보인다는 생각을 하고 있었다. 그래도 무지막지하게 빠른 공이기는 했지만, 아까처럼 레이저같이 보이지는 않았다. 공이 보이기는 보였다. 카운트는 원 볼 원 스트라이크.

'잡으러 오겠지. 여기서 굳이 어렵게 갈 이유가 없으니까.'

주혁은 분명히 스트라이크를 넣으리라 생각했다. 구질은 직구. 아까 배트가 늦은 걸 봤으니 다른 구질보다는 직구로 승부를 들어오리라 생각했다. 주혁은 타석을 고르고는 집중력을 높였다.

이번 공이 승부를 가를 공이라는 생각을 하고 눈을 부릅 떴다. 투수는 슬쩍 3루 주자를 한 번 보고는 와인드업을 했다. 그리고 힘차게 날아오는 야구공. 몸 쪽 낮은 코스. 무릎 쪽을 찌르는 공이었다.

공이 날아오는 것과 동시에 주혁의 배트가 움직였다. 그의 배트는 아름다운 원을 그리면서 돌아갔고, 홈 플레이트 앞에서 공과 만났다. 마치 운명적으로 만난 연인처럼 공과 배트는 마주쳤고, 주혁은 끝까지 배트를 돌렸다. 아주 시원하게.

"어? 어?"

더그아웃에서 사람들이 전부 일어났다. 그리고 모두의 시선이 외야로 향했다. 주혁은 특별한 감촉이 느껴지지 않았다. 배트와 공이 만나지 않은 것 같았다. 하지만 공은 저 멀리 하늘을 날아가고 있었다.

―크다. 크다. 넘어가느냐. 넘어가느냐.

중계를 맡은 캐스터도 자리에서 일어나서 소리를 질러댔다. 중견수가 끝까지 공을 따라갔지만, 이내 포기했다.

―호엄러어언~ 호엄러어언~ 강주혁 선수의 역전 투런 홈런이 터졌습니다.

투수는 망연자실한 표정으로 고개를 숙였고, 주혁은 묵묵히 다이아몬드를 돌았다. 모든 선수가 다 나와서 들뜬 표정으로 주혁을 기다리고 있었다.

생각보다 선수들이 세게 때렸다. 꽤 아플 정도로. 하지만 그렇게 맞았어도 기분이 나쁘지 않았다. 오히려 즐거웠다. 그리고 관중석에서는 난리가 났다. 우레와 같은 함성과 박수 소리가 끊이지 않았다.

그리고 그 소리는 주혁이 모자를 벗고 인사를 하자 절정에 이르렀다. 원재훈 PD는 주먹을 꽉 쥐었다. 분명히 그런 생각을 했다. 여기서 주혁이 역전 홈런을 친다면 정말 대박이겠구나 하는 생각을.

하지만 어디까지나 상상일 뿐이라 생각했다. 주혁이 홈런 타자는 아니었으니까. 그런데 정말 거짓말처럼 홈런을 처 버렸다. 만약 드라마를 이렇게 썼으면, 개연성이 떨어진다고 욕을 먹었을 법한 상황이었다.

"스타는 스타네. 필요할 때 아주 제대로 해주는데?"

스타란 그런 존재다. 꼭 필요한 순간에 터뜨려 주는 그런 사람. 실력이 있다고 모두가 스타가 되는 건 아니다. 운이라는 요소도 무시할 수 없다. 원재훈 PD는 직감했다. 강주혁이라는 사람은 지금 뭘 해도 되리라는 것을.

"실력도 있고, 노력도 장난 아니지. 거기다가 운까지 따르고. 뭘 해도 될 사람이야."

그리고 이어진 6회와 7회에는 마무리 투수가 출격했다. 외국 리그에서 활동했던 명실상부한 공포의 외인구단 팀의 에이스. 140㎞에 육박하는 강속구에 좌완 투수여서 타자들이 더욱 까다롭게 느끼는 선수였다.

상대도 안간힘을 써보았지만, 점수를 내지는 못했다. 에이스가 마지막 타자를 잡자 모든 선수가 손을 번쩍 들었다. 공포의 외인구단이 감격의 첫 승을 거두는 순간이었다. 그리고 이 승리는 당연히 시청률에도 크나큰 도움이 되었다.

동 시간대에 인기 있었던 다른 예능 프로그램을 제치고 공포의 외인구단이 1위를 차지한 거였다. 강주혁은 드라마와 영화에 이어서 예능에서까지 승승장구하면서 제작자들의 섭외 1순위로 떠올랐다.

*　　　*　　　*

"형, 진짜 멋졌어요. 우와, 그 홈런 정말."

이지언이 타격 흉내를 내면서 호들갑을 떨었다. 주혁도 그때를 생각하면 아직도 짜릿했다. 역전 홈런. 그것도 무시무시한 속구를 던지는 선수 출신의 투수에게서 뽑아낸 거라서 더 기분이 좋았다.

거기다가 공포의 외인구단이 거둔 첫 승. 사람들이 왜 스포츠를 각본 없는 드라마라고 하는지 알 것 같았다. 정말 그 짜릿함은 경험해 보지 않은 사람들은 알 수 없는 거였다.

"그나저나 너는 연습은 충분히 했어?"

"형이 일러준 대로 계속했어요. 긴장만 하지 않으면 잘될 것 같아요."

이지언은 추노의 오디션을 보러 가는 길이었다. 원체 성실하고 노력하는 녀석이라 문제없을 거로 생각하고는 있었지만, 그래도 아끼는 동생이라 걱정이 되었다.

그리고 몸은 자신이 보아도 끝내줄 정도였으니 분명히 제작진도 마음에 들어 하리라 생각했다. 사실 이 정도로 몸 좋고 연기 되는 사람은 흔치 않았으니까.

"야, 형이랑 같이 연기할 생각을 하니까 설레는데요?"

"붙기도 전에 호들갑 떨지 말고. 너무 긴장해도 좋지 않지만, 너무 긴장을 하지 않아도 좋을 거 없어."

주혁은 그동안 노력한 게 있으니 자신감을 가져도 좋을 거라고 격려해 주었다.

"너도 합격하면 말 타는 거나 같이 배우자."

추노에서는 말을 타는 장면이 꽤 있어서 반드시 배워야 했다. 먼저 배울까 하다가 이지언이 합격을 하면 같이 배울 요량으로 잠시 미루어 놓았었다. 주혁은 반복되는 시간 동안 굉장히 많은 것을 해보았다고 생각했는데, 의외로 못 해본 것도 많았다. 이번 경우처럼 말을 타는 게 그랬다.

"그런데 형은 액션 잘해요?"

"액션? 어느 정도는."

사실 액션은 자신 있었다. 그건 정말 반복되는 시간 동안 엄청나게 투자해서 배워놓았다. 그래서 어지간한 배우들의 액션은 눈에 차지도 않을 정도였다.

당연히 이 작품이 왔을 때도 그런 점을 생각해서 수락한 것이었고. 자신의 매력을 제대로 보여줄 수 있는 그런 작품이었다. 멋진 육체가 드러나고 화려한 액션을 보여줄 수 있는 그런 작품. 자신에게 딱이었다.

주혁은 벌써부터 이지언과 같이 말을 타고 달리는 상상

을 했다. 분명히 붙을 것으로 생각했으니까. 그리고 생각대
로 이지언은 오디션에 합격했다. 그래서 둘은 같이 말을 배
우게 되었고, 가르치는 사람들을 놀라게 했다.

운동신경이 워낙 좋은 두 사람이라서 실력이 부쩍부쩍
늘었다. 우연히 원재훈 PD가 그 모습을 보게 되었는데, 그
는 고개를 끄덕이면서 중얼거렸다.

"거봐, 주혁 씨는 뭘 해도 된다니까. 아마 로또를 사도 당
첨될걸?"

CHAPTER **41**
바쁜 나날들

첫 승리를 기점으로 공포의 외인구단이 풍기는 분위기가
확 바뀌었다.

사실 그전에도 충분히 좋은 성적을 낼 수 있을 법한 멤버
들이기는 했다. 사회인 야구 1부 리그에서도 정상급인 사람
들이 몇 있었으니까. 하지만 성적은 좋지 못했다.

"팀워크라는 게 어디 하루 이틀에 만들어지는 건가. 숱하
게 부대끼고 치고받고 한 뒤에야 조금씩 쌓여가는 거지."

감독은 이렇게 빨리 팀의 모습이 갖추어진 것도 신기한
일이라고 말했다.

그건 코치도 그렇게 생각하고 있었다. 팀워크라는 게 실체가 없는 것처럼 보이지만, 어쩌면 개개인의 능력보다도 중요할 수 있는 거였으니까.

그리고 이런 식으로 순식간에 팀이 자리를 잡는 경우는 처음 보는 것 같았다. 사실 어떻게 보면 얼마 전에 처음 만난 사람들인데 말이다.

"연습을 잘 따라와 준 것도 있어요."

"그렇긴 하죠. 아무래도 다들 절박한 마음이 있었으니까요."

코치의 말에 PD가 맞장구쳤다. 아무래도 이번 기회가 마지막이라는 게 공포의 외인구단 선수들을 분발하게 만든 계기일 것이다.

하지만 그것만이라고 볼 수는 없었다.

애초에 주혁이 그렇게 무식하게 훈련을 소화하지 않았다면, 다른 사람들도 지금처럼 분발하지는 않았을 것이다. 주혁이 선수들의 심장에 불을 붙였다. 선수들은 연예인도 저만큼 하는데 우리가 뒤질 수 없다는 생각으로 이를 악물었다.

덕분에 생각보다 선수들의 몸이 빠르게 만들어졌다. 올해 초에 모여서 훈련을 시작해서 이제 반년 가까이 되어간다. 하지만 초반보다는 주혁이 참가한 두 달 동안에 더 많은 발전이 있었던 것 같았다.

"꼭 그렇게 볼 수만은 없지만, 그래도 그 친구 영향을 무시할 수는 없지. 똘똘 뭉치게 한 건 확실하니까 말이야."

"주혁 씨 활약이야 온 국민이 다 알고 있죠. 그런데 혹시 지금 선수들 중에서 프로 무대에서 뛸 가능성이 있는 선수가 있을까요? 사람들이 그 점을 가장 궁금하게 생각하고 있는데요."

PD는 민감한 질문을 던졌다. 사실 사람들이 가장 궁금하게 생각하는 문제이기도 했다. 질문에 감독과 코치는 말을 아꼈다. 어느 정도 생각하고 있는 사람은 있었지만, 공개적으로 이야기하기가 좀 곤란해서였다.

"말씀하셔도 괜찮습니다. 인터뷰만 하고 나중에나 자료로 쓸 거니까요."

PD는 중간 결산을 하는 차원에서 감독과 코치를 모시고 인터뷰를 하고 있었다. 그동안 공포의 외인구단에 대한 전반적인 감상과 선수들에 대한 의견을 듣기 위해서였다.

"지금 상태로는 조금 어렵고. 실력이 여기서 더 는다면 한 두어 명 정도는 가능할 수도 있겠지."

"가장 가능성이 있는 건 어떤 선수인가요?"

"지금 상태로 봐서는 투수 중에는 종호하고 성윤이. 야수 중에는 성산이 정도? 그리고 주혁이 그 친구가 가능성이 있어. 어차피 야구 할 친구는 아니지만."

감독은 아쉽다는 듯 입맛을 다셨고, PD는 고개를 끄덕였다. 주혁은 성적이 아주 뛰어나지는 않았다. 조금 지쳐서인지 구속도 처음에 비하면 조금 떨어져서 120대 후반 정도가 나왔다. 타율도 2할 7푼 정도였고. 하지만 무언가 특별한 게 있었다.

"주혁 씨는 중요한 순간에는 더 잘하는 것 같더군요. 점수도 잘 주지 않는 편이고, 주자가 있을 때는 타율이 더 높은 것 같던데요."

PD의 말 그대로였다. 감독과 코치는 강주혁을 타고난 스타라고 여겼다. 강심장에다가 멘탈 갑. 위기 상황에서 더욱 힘을 내고, 찬스가 오면 눈을 번득이는 선수. 감독이나 코치가 정말 예뻐할 수밖에 없는 그런 선수였다.

믿고 내보낼 수 있는 선수만큼 듬직한 선수가 어디 있겠는가. 하지만 우리나라에서 가장 잘나간다는 톱스타였다. 야구선수가 되라고 했다가는 팬들이 가만히 있지 않을 것이다. 그것도 우리나라의 팬뿐만이 아니라 아시아 전역의 팬들이.

요즘 경기장에는 외국 팬들까지 찾아오고 있었다. 아예 중국에서는 관광 상품도 있단다. 주혁 패키지라고 해서 주혁과 관련된 영화나 드라마 속의 장소들을 돌아보고 소속사와 경기장을 투어 하는 상품.

원래도 싼 편이 아니었는데, 주혁과의 팬 미팅이라도 잡힌 상품은 어마어마한 금액에 거래된다고 했다. 그래도 내놓기만 하면 얼마 되지도 않아서 모두 팔린다니 놀라울 따름이었다.

일본에서도 찾아오는 사람이 많았는데, 일본 여성들은 대부분 작은 모임이나 몇 명이 함께 오지만, 중국에서는 단체로 오는 경우가 많았다. 어찌 되었든 주혁의 인기가 엄청나다는 건 확실했다.

경기장의 관중 중에서 80% 이상은 주혁의 팬이라고 보면 되었다. 감독은 만약에 주혁이 선수가 되면, 그 팀의 입장료 수익이 훨씬 늘어날 것 같다는 생각도 해보았다.

PD는 편안한 분위기에서 몇 가지 질문을 더 했다. 일부는 편집해서 다음 편에 넣을 생각이었고, 일부는 묵혀두었다가 나중에 쓸 요량이었다.

"수고하셨습니다."

"참, 주혁이 그 친구는 언제까지 나온다고 그랬지?"

감독은 곧바로 대답했다. 요즘 가장 신경 쓰고 있는 일이니 모르고 있을 리가 없다.

"앞으로 방송에 여섯 번 더 나옵니다. 한 달 반 정도 된다고 보시면 되구요. 그리고 드라마 들어가서 훈련도 자주 나오지 못할 겁니다."

"훈련이야 내버려 둬도 알아서 잘할 친구인데 뭘. 그래도 아쉽긴 하네."

감독만이 아니었다. PD는 주혁이 곧 빠져야 한다는 점이 미치도록 아쉬웠다. 하지만 어쩔 수 없었다. 처음부터 그렇게 하기로 하고 출연한 거였으니까. 그래도 아직은 시간이 제법 남았다. 한 달 반 정도는 더 출연하기로 일정이 잡혀 있었으니까.

그리고 그날 경기에서도 주혁은 세 번째 타석에서 동점 2루타를 날렸고, 한 회를 무실점으로 책임졌다. 그리고 공포의 외인구단은 5연승을 달렸다.

사람들은 모르고 있었지만, 주혁은 사실 페이스를 조금 조절하고 있었다. 너무 주목을 받는 것도 썩 좋은 게 아니어서 그랬다. 어차피 자신이 야구 선수로 나갈 것도 아니니 중요할 때 역할만 해주면 된다는 생각에서였다. 대신 훈련은 정말 열심히 했다.

"저 친구는 누가 보지 않아도 항상 열심히 한단 말이야. 선수들도 좀 보고 배워야 하는데."

감독이 지나가다가 흐뭇한 표정으로 중얼거렸다.

*　　　*　　　*

"반갑습니다. 얘기 많이 들었습니다."

PD를 만나러 왔다가 뜻하지 않게 마주친 오진허. 듣던 대로 조각 같은 미남이었다. 주혁과는 또 다른 매력의 배우. 그는 같이 드라마를 했던 황보선으로부터 이야기를 들었다고 하면서 손을 내밀었다.

주혁은 굳게 손을 맞잡았다.

"누님이 굉장히 고마워하더라고요. 잘못했으면 손 때문에 방송하기가 어려울 수도 있었는데, 응급조치 잘해줘서 다행이었다고."

무슨 이야기인지 알 수 있었다. 전에 황보선이 기둥을 때렸을 때의 일이었다. 그 후로 몇 번이나 고맙다며 인사를 하더니 촬영장에 가서도 이야기를 한 모양이었다.

사실 자신의 응급처치가 아니었더라도 큰 문제는 없었겠지만, 도움을 받은 처지에서는 그렇게 생각되지 않는 모양이었다.

주혁은 이야기를 나누면서 정말 선이 굵은 남성적인 매력을 가진 배우라는 생각이 들었다. 그리고 이번 배역에 딱 맞는 이미지라는 느낌도 받았다.

검으로는 상대를 찾을 수 없다던 조선 최고의 무장. 원대한 목표를 가지고 있었지만 꿈은 소현의 죽음과 함께 산산

조각이 났다. 그리고 노비가 된 신세. 그는 노비이지만 양반이라는 생각을 버린 적이 없는 그런 인물에 너무나도 잘 어울리는 분위기를 가지고 있었다.

하지만 오진허와 긴 이야기를 나누지는 못했다. 일이 있어서 곧바로 가봐야 했기 때문이었다.

오진허와 헤어진 주혁은 안에서 자신을 기다리고 있는 PD를 만나러 들어갔다.

"어서 와요."

PD는 싱글벙글한 표정으로 주혁을 맞이했다. 그는 요즘 정말 노심초사하고 있었다. 물론 이 작품이 충분히 흥행할 작품이라고 믿고 있었다. 하지만 어디 그렇지 않은 작품이 있겠는가. 뚜껑은 열어봐야 아는 거였다.

그가 이렇게 마음을 졸이고 있는 것은 전작 때문이었다. 한자리 시청률을 기록한 작품. PD에게는 낙인과 같은 것이었다. 만약 이번에도 흥행에 실패할 경우에는 다시는 드라마를 찍을 수 없게 될지도 몰랐다. 정말 벼랑 끝에 선 기분이었다.

그래서 주혁이 캐스팅되었을 때 얼마나 좋아했던가. 자신이 생각하기에 주인공인 대길 역할에 주혁보다 더 잘 어울리는 배우는 없었다. 그리고 출연하는 작품마다 평타 이상은 해주는 흥행 보증수표. 그 기운이 이번 작품에도 통하기를 바랐다.

"커피?"

"예, 주시면 좋죠."

PD는 커피를 건네면서 주혁을 슬쩍 바라보았다. 강주혁. 어떻게 보면 이해할 수 없는 배우였다. 선악이 공존하는 묘한 마스크. 능청스러운 연기부터 고난도 액션까지 모두 소화할 수 있는 배우. 거기다가 사람들의 감정 깊숙한 부분까지 건드리는 풍부한 표정과 감성.

연출자가 가장 이상적인 배우로 주혁을 꼽는 데는 다 이유가 있었다.

그리고 얼마 전에 직접 본 몸. 소름이 쫙 돋았다. 도대체 뭘 먹고 어떻게 운동하는지는 모르겠지만, 몸뚱이가 예술이었다.

거기다가 더 놀란 사실. 주혁은 대본을 거의 외우고 있었다. 자신의 캐릭터에 대한 분석은 물론이고, 극의 흐름이나 다른 캐릭터에 대한 연구도 놀라울 정도였다.

그리고 아이디어도 많이 가지고 있었다.

준비를 열심히 하는 배우를 본 적이 없는 건 아니었지만, 촬영에 들어가기도 전에 대본을 아예 외우다시피 하는 배우는 처음 보았다. 왜 사람들이 강주혁 강주혁 하는지 알 것 같았다.

그리고 그날 이야기한 것 중에는 정말로 생각해 보아야
할 만한 내용도 있었다.

"그날 이야기한 중에 왕손이하고 최 장군이 너무 빨리 죽
는 거 아니냐는 이야기를 하셨죠?"

"아, 그냥 해본 이야기니까 신경 쓰지 마세요."

그날은 참 많은 이야기가 오갔다.

왕손이와 최 장군의 이야기도 그러다가 툭 튀어나왔다.
주혁은 머릿속으로 작품을 상상해 보았다. 캐스팅된 배우
들을 집어넣어서 대본을 보면서 장면을 그려보았다.

물론 완벽하지는 않다. 그 배우가 어떤 식으로 연기할지
는 알 수 없었으니까. 그래도 왕손이와 최 장군의 경우에는
쉽게 상상할 수 있었다. 최 장군 역을 하기로 한 이지언과
는 절친한 사이였고, 왕손이 역을 하기로 한 배우와도 인사
를 수차례 나누었기 때문이었다.

참 밝으면서도 유쾌한 친구였다. 주혁은 그 친구와 만나
면서 무척 기대되었다. 그리고 상상하면서 느낀 점은 셋의
케미가 무척 잘 맞을 것 같다는 점이었다.

"그런데 왜 그런 생각을 했어요? 그게 궁금하던데."

"상상을 해보았거든요. 셋이 연기하는 걸요. 그런데 둘
이 죽고 나니까 과연 혼자서 그 빈자리를 메꾸면서 끌고 갈
수 있을까 하는 생각이 들더라고요."

주혁은 작품을 보면서 누군가는 죽지만, 누군가는 희망을 주는 것도 나쁘지 않다는 생각을 했다고 말했다. 그냥 개인적인 느낌이었다. 편안하게 이런저런 이야기를 하다가 보니까 나온 이야기였는데, 너무 신경을 쓰는 것 같아서 주혁은 오히려 불편했다.

"제가 주제넘게 이야기를 한 게 아닌지 모르겠네요."

"아니에요. 제작진하고 배우 사이에 대화가 없으면 큰일이죠. 그리고 작가분하고도 이야기를 해봤는데, 그 방향도 나쁘지 않다고 생각했어요."

주혁이 이야기한 내용도 작품을 관통하는 주제와 맞닿아 있으면서도 충분히 매력적인 의견이었다. 그래서 둘이 상의를 한 결과 앞으로 진행되는 걸 보고 결정하기로 했다.

아직 어느 쪽이 더 좋겠다는 확신이 서질 않았다. 그래서 미리 대비는 해두고, 작품 분위기를 보아가면서 결정할 생각이었다. PD는 주혁에게 앞으로도 대화를 많이 나눴으면 좋겠다고 말했다.

"주혁 씨, 유명하던데. 다른 영화 찍을 때도 그렇게 아이디어를 많이 낸다면서요. 우리 작품도 부탁 좀 할게요."

이야기를 하다 보면 얼토당토않은 이야기도 많이 나온다. 그런 건 알아서 커트해야 한다. 하지만 서로 의견을 나누면서 소통하는 게 훨씬 바람직한 일이다. 소통이 없으면서도 잘된 작품은 본 적이 없다.

그리고 그런 면에서 주혁은 아주 좋은 아이디어 뱅크였다. 작가가 영화 쪽에서 일하던 사람이라서 그 분야 이야기를 많이 알고 있었는데, 주혁이 좋은 의견을 굉장히 많이 내놓는다고 했다.

"그런데 주연 여배우는 확정이 되었나요?"

"아, 그게 아직 확답이 없네. 정말 얼마 남지 않았는데."

PD는 여배우를 교체해야 하는지 고민이 되었다. 이제 대본 리딩까지도 얼마 남지 않았는데, 아직까지 확실한 답을 주지 않고 있었다. 들리는 이야기로는 본인은 강력하게 원하고 있는데, 소속사에서는 다른 작품을 밀고 있다는 거였다.

"뭐 잘 풀리겠지. 이상하게 주혁 씨 캐스팅되고 나니까 다른 캐스팅은 그냥 술술 되더라고."

대안으로 다른 여배우도 생각하고는 있었고, 다른 캐스팅이 굉장히 잘된 상황이라 크게 걱정되지는 않았다. 그것보다 PD는 이 배우들을 데리고 어서 작품을 찍고 싶은 욕망에 자리에 앉아 있을 수가 없었다. 너무나도 멋진 그림이 그려졌기 때문이었다.

저 밑바닥에 있는 뜨거운 사람들의 치열한 이야기. 정말로 대중성과 작품성을 동시에 노릴 수 있는 작품이라고 자신했다.

*   *   *

공포의 외인구단.

80년대를 풍미했던 만화의 제목이다.

인생의 가장 밑바닥까지 떨어졌던 선수들이 지옥 같은 훈련을 거치면서 리그를 씹어 먹는 엄청난 선수들로 거듭난다는 내용이었다.

물론 여주인공인 엄지를 둘러싼 이야기나 다른 요소도 있지만, 역경을 이겨내고 무시무시한 선수들로 거듭난 사람들을 보면서 느끼는 쾌감도 무시할 수 없는 인기 요소였다.

비록 예능이기는 했지만, 공포의 외인구단도 만화와 비슷한 궤적을 걸어가고 있었다.

비록 사회인 야구 1부 리그에서 경기를 하고는 있었지만, 온갖 풍상을 겪은 공포의 외인구단 선수들이 조용한 기적을 보여주고 있었다.

"달려~"

선수들이 일제히 일어나서 소리를 질러댔다.

우중간을 시원하게 가르는 타구.

뙤약볕에서 경기하고 있었지만, 한여름의 기온보다 선수들과 관중이 만들어내는 열기가 훨씬 더 뜨겁게 타올랐다.

상대 중견수도 공을 잡자마자 재빠르게 중계 플레이를 했고, 주자가 3루까지 가는 건 막을 수 있었다. 두 손을 번쩍 드는 선수. 고등학교 시절 아버지에게 간을 이식해야 해서 선수 생활을 포기했던 젊은이였다.

그리고 그 모습을 보면서 환호하는 선발투수.

잘못된 지도자 밑에서 고생만 하다가 어려운 가정 형편 때문에 꿈을 포기해야 했던 남자였다. 갓 태어난 아이에게 부끄럽지 않기 위해서 마지막으로 도전한다던 말을 했던 남자.

사람들은 그런 선수들에게 아낌없는 격려의 박수를 보냈다. 결과와는 상관없이 지금 여기서 보여주는 그 모습만으로도 충분히 사람들에게 감동을 전해주고 있었다.

그리고 이어지는 투수의 타석에 대타가 들어섰다.

방망이를 들고 나온 타자는 바로 강주혁.

대타로 주혁을 쓰고 다음 회부터는 투수를 바꾸겠다는 뜻이다. 주혁은 이렇게 공포의 외인구단 분위기를 더욱 끌어올리는 역할을 하고 있었다.

상대 팀 배터리와 내야진이 모여서 의견을 교환했다. 그들도 지금까지 주혁이 어떤 활약을 보였는지 잘 알고 있었으니까.

"알지? 저 선수 찬스에 강한 거."

"걸러도 좋다는 생각으로 가는 거야. 1루 비어 있으니까."

투수는 말없이 고개만 끄덕였다. 선수들은 유독 주혁에게 강한 승부욕을 보였다. 관중들이 그에게 환호하고 있어서 일수도, 그가 연예인이어서 그럴 수도 있었다. 아니면 둘 다일 수도 있었고.

하지만 야구는 혼자 하는 게 아니다. 1점 차로 이기고 있는 상황에서 무리하게 승부를 들어갈 이유는 없었다. 어렵게 승부한다. 속아주면 다행이고 아니면 주자를 채우고 더블플레이를 노린다. 정석적인 플레이였다.

그리고 주혁은 그동안 찬스 때 아주 강한 면모를 보였었다. 주자가 있을 때는 4할에 가까운 타율. 그리고 타구도 부챗살이다. 공을 결대로 때릴 줄 아는 선수였다.

'선출도 아닌 연예인이……'

자존심 때문에 그동안 얻어맞은 투수들이 부지기수였다. 사회인 야구 1부 리그의 무서움을 보여주겠다면 덤벼들었다가 오히려 역으로 당한 것이다. 투수는 마음을 가다듬었다. 자신은 그들과는 다르다고 생각하면서.

'약간 벗어나는 코스로 유인구를 던진다. 때려도 좋은 타

구가 나오지 않을 코스로.'

투수는 바깥쪽으로 떨어지는 유인구를 던졌다.

하지만 주혁의 방망이는 움찔하다가 멈추었다. 주혁은
선구안까지 좋아서 아주 골치 아픈 타자였다.

주혁도 대충 분위기를 알 수 있었다. 굳이 선수가 아니더
라도 야구를 조금만 아는 사람이면, 어떻게 돌아가는지 뻔
히 알 수 있지 않겠는가. 관중석에서 소리를 질러대고 있는
여자 관객 중에는 잘 모르는 사람도 있을 수 있겠지만 말이
다.

'내가 좌타자니까 바깥쪽으로 땅볼을 유도해서 2루 주자
가 3루로 가는 걸 막으시겠다. 그리고 건드리지 않으면 채
우고 다음 타자와 승부하겠다는 거겠지?'

주혁은 배트를 붕붕 돌리고는 수비 위치를 슬쩍 보았다.
다른 야수들은 정상적인 수비. 3루수는 강습 타구에 대비해
서 약간 뒤로 물러선 상황. 공이 좌타자의 바깥쪽으로 집중
되니 수비를 그리 잡은 거였다.

'그러면 굳이 때릴 필요가 없을 수도 있지.'

주혁은 일부러 타석에 바짝 붙었다. 바깥쪽 공을 적극적
으로 공략하겠다는 듯이.

그러자 수비들도 긴장하면서 자세를 잡았다. 다시 한 번
바깥쪽으로 날아온 공. 하지만 주혁은 배트를 휘두르지 않

왔다.

통.

주혁은 공을 보다가 기습적으로 번트를 댔다.

속도가 죽은 공은 라인을 따라 떼굴떼굴 굴렀고, 야수들은 모두 당황했다. 주혁이 기습 번트를 대리라고는 누구도 생각지 못한 상황이어서였다.

그동안 찬스에 강한 모습만 보여주었지, 기습 번트를 댄 적은 단 한 번도 없었다. 당연히 아무도 기습 번트에 대해 대비를 하지 않고 있었고, 뜻밖의 상황을 맞이한 사람들의 반응은 언제나 그렇듯이 굼떴다.

3루수와 투수가 움직였지만, 타이밍이 조금 늦었다. 워낙 생각지도 못한 상황이라 2루 주자의 스타트도 늦었지만, 주자는 안전하게 3루에 안착했다. 투수가 잡아서 3루를 보았을 때 3루에는 아무도 없었으니까. 3루수도 공을 잡으러 앞으로 와 있었기 때문이었다.

그리고 강주혁은 이미 1루 베이스에 거의 다 도달해 있었다.

투수는 급히 공을 던지려다가 허탈한 표정으로 손을 내렸다.

올바른 판단이었다. 공연히 송구 실수라도 나오는 날에는 한꺼번에 와르르 무너지게 될 테니까.

"나이스~"

"강주혁, 최고다~"

더그아웃에서는 난리가 났다. 정말 끝도 없이 새로운 걸 보여주는 사람이었다.

관중석에서는 무슨 상황인가 의아해하다가 이내 폭풍 같은 함성이 일어났다.

상대 팀 선수들은 마음을 가다듬고 플레이를 이어나가려고 했지만, 주혁의 흔들기는 그것으로 끝이 아니었다.

파바박!

투수가 초구를 던지는 순간 주혁은 뛰었다.

이번에도 상대 팀은 당황했다. 지금까지 한 번도 도루를 한 적이 없는 주혁이었다.

그리고 주혁은 안전하게 2루에 들어갔다.

스타트도 좋았지만, 상대 포수는 공을 던지지도 못했다.

사회인 야구에서는 발이 빠른 선수는 단타를 치고 나가면 3루까지는 거저 간다. 하지만 1부 리그 정도 되면, 2루 도루도 만만치 않다. 그만큼 포수의 능력도 좋기 때문이다. 하지만 상대 팀이 정신을 차리기도 전에 주혁이 달려 버렸다.

"센스만 놓고 보면 프로 애들 뺨치겠어."

"필요할 때 뭘 해야 하는지 아는 친구니까요."

"그나저나 상대 팀 감독은 이럴 때 한 번 끊어줘야 하는 건데 올라오지 않을 생각인가?"

감독은 오히려 상대 팀 걱정을 했다. 아직 역전이 된 건 아니었지만, 분위기는 이미 역전된 거나 마찬가지였다. 공포의 외인구단 선수들의 눈에는 에너지가 넘쳐 나고 있는 반면에, 상대 팀 선수들은 기가 죽어 있었으니까.

하지만 상대 팀 더그아웃에서는 별다른 움직임을 보이지 않았다.

깡~

경쾌한 금속음과 더불어 주자를 모두 불러들이는 2루타가 터졌다. 중견수 키를 넘겨서 펜스를 직격하는 큼지막한 타구였다. 주혁은 햇살이 가득한 홈으로 들어오면서 이 경기도 이길 수 있다고 생각했다.

"그럼 이제 마지막 경기만 남은 건가?"

아쉬웠지만 만남이 있으면 이별도 있는 법이다. 본격적인 촬영에 들어가야 하니 더 이상 시간을 내는 건 무리였다.

*   *   *

"선배님, 안녕하십니까."

"어, 그래. 자네가 강주혁이구만. 좋겠어, 운동도 잘하고 연기도 잘하고."

대본 리딩 현장.

주혁은 인사를 하러 다니느라 바빴다. 정말 이렇게 쟁쟁한 선배 연기자들을 한자리에서 본 건 처음이 아닌가 싶었다. 정말 이 연기자들이 한 작품에 나온다는 것 자체가 신기한 일이었다.

배우들은 모여서 인사도 나누고, 대본도 보면서 시간을 보냈다. 주혁은 대본이 닳을 정도로 보았지만, 다시 한 번 체크했다. 그리고 드디어 전체 대본 리딩이 시작되었다.

PD와 작가의 인사가 있었고, 배우들의 소개가 있었다. 워낙 많은 배우가 온지라 짧게 소개를 했다. 누군가가 말을 길게 끌었다가는 소개를 하는 데도 몇 시간이 걸릴 것 같았다.

주혁도 사람들의 눈길을 많이 받기는 했지만, 아무래도 마지막까지 오락가락했던 여주인공만큼은 아니었다. 그래서인지 한현주는 조금 상기된 얼굴을 하고는 일어났다.

"안녕하세요. 김혜원 역할을 맡은 한현주입니다. 사실 아직 준비는 많이 되지 않았는데요, 폐가 되지 않도록 최선을 다하겠습니다."

그냥 의례적으로 하는 이야기이다. 누가 대본 리딩에 와서 다른 이야기를 할 수 있겠는가. 그리고 사실 결정이 늦게 나서 아직 준비가 조금 덜된 것도 사실이긴 했다. 하지만 한현주는 대본 리딩을 하면서 자신이 뭔가 잘못 생각하고 있다는 걸 깨달았다.

드라마나 영화나 초반부에 주요 등장인물에 대해 소개를 하고 본격적인 이야기가 시작된다. 그 등장인물이 어떤 성격을 가지고 있는지, 무슨 사연이 있는지를 보여주고 넘어가는 것이다. 그래서 드라마의 초반 몇 회에 주요 등장인물이 모두 나오는 것이다.

그래서 초반 대본 리딩을 하면 주요 등장인물은 모두 자기 분량이 있다. 자연스럽게 서로의 캐릭터도 이해할 수가 있고, 작품의 전체적인 분위기도 알 수가 있으니 대본 리딩은 큰 의미가 있다고 볼 수 있다.

"도망치는 주제에 피까지 보겠다고?"
"관동 포수 우습게 보지 말라. 호랭이 잡으러 다닐 때부터 목숨은 내놓고 다녔다니."

초반부터 대사를 치는 게 심상치 않았다. 뭔가 캐릭터가 딱 잡혀 있는 그런 느낌이 들었다. 그래도 몇 명은 그럴 수도 있다고 생각했었다. 그런데 그게 아니었다.

"긴장들 하지 마. 흥은 깨지 않을 거니까. 사연 없는 분들은
술이나 드셔."

주인공인 주혁도 캐릭터가 보였다. 지금까지 주혁이 나
온 영화나 드라마는 모두 보았다. 추적자의 지형민이나 영
화는 영화다의 강패, 과속 스캔들의 강현수. 모두 독특하고
개성 있는 역할이었다.

하지만 그 캐릭터들과 또 달랐다. 몸을 슬쩍슬쩍 움직이
면서 대사를 하는데 묘한 분위기가 풍겼다. 그 목소리 톤과
움직임을 보니 주인공인 대길이 어떤 캐릭터인지가 보이는
것 같았다.

'뭐야, 첫 대본 리딩인데 왜 이래?'

그리고 그뿐만이 아니었다. 앞에서의 열연이 전염이라도
되었는지, 그 후로도 배역을 맡은 배우마다 평범하지가 않
았다. 심지어는 아역까지도 연기가 좋았다.

한현주는 바짝 긴장되었다.

그리고 이어지는 주막에서의 장면. 역시나 내공이 있는
배우들이라서 그런지 구수하고 감칠맛 나는 연기를 자연스
럽게 소화했다. 마치 주막에서 지금 연기를 하는 것 같은
그런 느낌이었다.

다소 질펀하게 들릴 수도 있는 내용이었는데, 정말 맛깔 나게 잘 살렸다. 사람들은 그 부분에서 모두들 한바탕 웃음을 터뜨렸다.

"이거 다들 대본 리딩이 아니라 바로 촬영에 들어가도 될 것 같습니다."

"우리야 뭐 이걸로 먹고살았으니까 그렇다고 해도, 젊은 친구들도 보통이 넘는데. 이번 작품은 보나 마나 대박 치겠어."

PD의 말에 마의 역을 맡은 배우가 농을 쳤다. 하지만 완전히 농담만은 아니었다. 지금까지 대본 리딩을 얼마나 많이 해보았겠는가. 그런데 오늘처럼 놀란 적은 처음이었다. 인물들이 너무 강했다.

배우들이 모두 칼을 갈고 나온 것 같았다. 노비인 업복이나 왈패인 천지호 캐릭터야 그렇다 치자. 그동안 이 판에서 굴러먹던 후배들이니 저 정도 연기를 보여주어도 놀라운 일은 아니라는 생각이었다.

하지만 나오는 캐릭터 하나하나가 모두 다 살아서 꿈틀거리고 있었다. 주연은 물론이고 악역이든 조연이든 미친 듯한 존재감을 뿜어내고 있었다. 마치 그러지 않으면 자신들이 죽어 없어지기라도 하듯이.

악역인 황철웅의 부인이자 뇌성마비를 앓고 있는 역으로

나온 배우가 연기했을 때는 모두가 기립박수를 보냈을 정도였다.

주혁도 대만족이었다. 지금까지 이 작품이 어떨 것인지 상상을 했었다. 그런데 오늘 배우들이 연기하는 걸 보고는 머릿속에서 싹 지웠다. 자신이 생각했던 그런 장면은 지금 배우들의 연기에 비하면 아무것도 아니었다.

이런 배우들과 연기를 같이할 수 있다면, 정말 여한이 없을 것 같았다.

그리고 한현주는 자존심이 팍 상했다. 정말 좋은 작품이었다. 그런데 자신이 누를 끼치고 있다는 생각이 들었다. 이런 상황에서 멀쩡하다면 어떻게 배우라고 할 수 있겠는가.

"준비할 시간이 적어서 그런 거죠, 뭐. 아직 시간이 있으니까 너무 걱정하지 마세요. 같이 이 작품에서 제대로 한번 뒹굴어 봅시다."

주혁은 한현주에게 다가가서 이야기했다. 분해하는 게 보였다. 모든 사람이 열연을 하고 있었는데, 적어도 여주인공이라는 사람이 준비가 덜 된 모습을 보였으니까 당연한 일이었다. 하지만 아직 시간은 많았다. 얼마 전에 결정된 것이니 준비가 덜 된 것이 당연했다.

한현주는 이 작품이 정말 대단한 작품이라는 걸 느낄 수 있었다. 이런 좋은 작품에 자신이 출연하게 되었는데, 절대로 짐이 될 수는 없었다. 그녀는 정말 주혁의 말처럼 제대로 한바탕 이 작품 안에서 뒹굴어보리라 결심했다.

*　　*　　*

"잘되었군. 스페인에서도 별다른 문제는 없었나 보지?"

―그렇습니다, 마스터. 위치를 정확하게 알고 있어서 별다른 문제가 없었습니다.

물론 약간의 문제는 있었다. 스페인의 귀족이 조상으로부터 물려받은 것이라며 거절했으니까. 하지만 조상을 생각하는 마음 이상의 돈을 내자 흔쾌히 동전이 들어 있는 상자를 넘겼다.

윌리엄 바사드에게는 아주 손쉬운 일이었다.

그는 동전을 확보하자마자 주혁에게 바로 연락했다. 그리고 더 필요한 것이 있으면 언제든 연락만 달라고 이야기했다.

―며칠 내로 들어가겠습니다. 일정이 정해지면 바로 연락드리겠습니다.

"그렇게 하게. 수고했네."

주혁은 그렇게 짧은 통화를 마치고 전화를 끊었다. 그는 주먹을 불끈 쥐었다. 이제 새로운 동전 12개를 확보하게 되었다. 뭐가 걱정이겠는가. 다른 상자의 주인도 동전을 가지고 있겠지만, 자신보다는 많지 않으리라 생각했다.

동전을 찾을 수 있는 능력은 자신의 상자, 정확하게 이야기하면 업그레이드된 자신의 상자만이 가진 능력이었으니까. 그는 자신을 기다리고 있는 자동차로 향했다. 잠시 휴게실에서 통화한 거였기 때문이었다.

지금은 전우치의 홍보를 마치고 공포의 외인구단 마지막 촬영을 위해서 움직이는 도중이었다. 그런데 윌리엄 바사드에게서 전화가 온 거였다. 이해는 한다. 분명히 자신이 고대하고 있던 전화였다.

그런데 차 안에는 기재원 대표와 김중택 대표를 비롯한 몇몇 사람들이 있는데, 거기서 이런 식으로 전화를 받을 수는 없었다. 다들 영어를 어느 정도 했기 때문이었다. 그러니 휴게실에서 잠시 쉬었다가 가자고 해야 했다.

주혁은 차에 타고 가면서 김중택 대표와 이야기를 나누었다. 김중택 대표는 주혁과 이야기를 나누려고 일부러 주혁의 밴을 타고 이동 중이었다.

"아바타는 원래 내년 초에 상영 예정 아니었나요?"

"원래는 그랬는데, 추석 시즌에 맞추어서 개봉할 예정이라는군."

전우치의 개봉이 앞당겨졌다. 원래 올해 말에 개봉이 예정되어 있었는데, 9월 말에 개봉하는 것으로 바뀌었다. 특별한 문제는 없었다. 후반 작업도 마무리되었고, 편집도 끝난 상황이었으니까.

이런 식으로 갑자기 개봉 일을 당기는 일은 흔치 않은 일이었다. 김중택 대표는 인상을 찌푸렸다. 갑작스러운 변수는 언제나 있는 것이긴 하지만, 반가울 리 없다. 가능하면 이런 일이 없기를 바랐지만, 일이 생긴 이상 적절한 대처를 해야 했다.

물론 자신감은 있었다. 어떤 작품과도 충분히 승부를 볼 수 있을 거라는 믿음이 있었다. 편집된 작품을 보고는 정말 탄성이 나올 정도였으니까. 주혁의 능청스러운 연기와 액션, 거기에 뛰어난 그래픽을 덧칠하자 엄청난 작품이 나온 것이다.

하지만 아무래도 아바타보다는 빨리 개봉하는 편이 좋겠다는 의견이 많았다. 주혁이 보여준 영상과 소문대로 그렇게 대단한 영화라면 나중에 개봉하는 것보다는 먼저 개봉하는 게 유리하다는 판단에서였다.

먼저 놀라운 영상을 보여주어 기선을 제압한다는 게 김중택의 선택이었다. 언제나 처음에 받는 충격이 가장 크다. 두 번째가 되면 벌써 사람들이 한 번 충격을 받은 터라 감흥이 덜할 수밖에 없다.

"그런데 아직 개봉도 하지 않은 영화 정보는 어디서 얻는 거야?"

"외국에 아는 친구가 있는데, 그 친구가 그쪽을 좀 잘 알거든요. 그 친구가 가끔 소식 알려주고 그래요."

윌리엄 바사드는 정기적으로 주혁에게 영화계 동향에 대해서 보고하도록 지시했다. 덕분에 주혁은 편하게 고급 정보를 알 수 있었다. 그래서 아바타의 영상도 조금 볼 수 있었는데, 솔직하게 말해서 대단했다.

하기야 제작비 차이만 해도 어마어마하니 비슷하다면 그게 더 이상한 일일 것이다. 그렇지만 전우치도 결코 뒤지지 않는다고 생각했다. 아바타가 훌륭한 작품이기는 했지만, 전우치만의 강점도 분명히 존재했다.

둘은 전우치와 아바타가 맞붙었을 때 어떻게 될지를 놓고 이야기를 나누었는데, 의견은 대동소이했다. 팔이 안으로 굽는다고 전우치에게 점수를 더 후하게 주었다. 전우치의 CG는 마치 동양화를 보는 그런 느낌을 주니 더 획기적일 수 있다면서.

"충분해. 전우치가 가지고 있는 동양적인 감성은 절대로 서양에서는 흉내 낼 수 없는 거야."

"저도 마찬가지라고 생각합니다. 아주 독특한 느낌이 있거든요."

하지만 자만할 수는 없는 일. 주혁은 홍보 활동에도 많은 시간을 할애했다. 그래서 정말 미치도록 바쁘게 지내야 했다. 그럴 수밖에 없지 않겠는가. 전우치 홍보를 하면서 공포의 외인구단 마지막 경기를 하고, 추노 촬영을 해야 했으니까.

주혁이 강철 같은 체력을 가지고 있는 줄 잘 아는 기재원 대표가 가능하겠느냐고 걱정을 할 정도였다.

하지만 주혁은 오히려 그런 상황을 즐겼다. 일부러라도 그런 상황을 만들어야 할 판인데 이렇게 기회가 와주었으니 얼마나 고마운가.

"자네는 정말 몸이 쇳덩인가? 아니, 로봇이라고 해도 이렇게 멀쩡하기는 어려울 것 같은데……."

기재원 대표는 질린다는 표정으로 주혁을 바라보았다. 지금도 지방에서 홍보 스케줄을 마치고 곧바로 공포의 외인구단 마지막 경기를 위해서 이동하고 있었는데, 멀쩡했다. 보기에만 그런 게 아니라 정말로 멀쩡했다.

홍보를 위한 일정이 그리 만만한 게 아니다. 추노 촬영을 하면서 해야 했기 때문이었다. 쉬지 않고 계속 강행군을 해야 한다는 것. 몸에 엄청난 부담이 가는 일이다. 그래서 오죽하면 기재원 대표가 촬영을 잠시 미룰 수 없느냐고 이야기까지 했겠는가.

하지만 이미 추노도 일정이 잡혀 있어서 그건 곤란했다. 하루 이틀 정도 어떻게 조정하는 건 모르겠지만, 일정을 통째로 뒤로 미루는 건 불가능에 가까웠다. 그리고 무엇보다도 주혁이 하겠다는 의지가 강했다.

"괜찮은 것 같긴 하지만, 그래도 조심하라고. 몸 망가지기 시작하면 큰일이니까."

주혁은 차에서 내리면서 괜찮다고 하고는 경기장을 향해 달려갔다. 이미 경기가 시작했기 때문이었다. 홍보 일정이 생각보다 시간을 잡아먹어서 달려온다고 왔는데도 이리되었다. 주혁은 언제나 그렇듯 스타팅 멤버가 아니어서 그나마 다행이었다.

"죄송합니다."

주혁은 자신을 기다리고 있는 사람들에게 미안함을 표시했다.

하지만 그들은 모두가 싱긋 웃으면서 주혁을 반겼다.

"슬슬 몸 풀어. 오늘은 일찍 나갈 거니까."

감독이 주혁의 어깨를 툭 쳤다. 오늘은 그의 마지막 경기. 당연히 조금이라도 더 많이 그라운드에 서게 할 생각이었다. 처음에는 스타팅 멤버로 하려고 했는데, 주혁이 한사코 사양했다. 그래서 3회부터 마운드에 올릴 생각이었다.

그리고 투수를 교체하더라도 타자로서는 계속 기용할 것이다. 수비는 우익수를 맡길 생각이었다. 특별한 일이 없는 한 7회까지 계속해서 그라운드에서 주혁을 볼 수 있게 할 생각이었다. 그것이 모두가 바라는 일이었으니까.

"정신 바짝 차려야 할 거야. 제작진이 아주 마음을 독하게 먹었어."

이런 친선 경기의 경우, 룰은 합의하기 나름이었다. 상대는 공포의 외인구단이 최근에 기세가 좋으니 선출을 다섯 명까지 출전할 수 있게 하자고 제의했다.

그리고 제작진은 받아들였다. 그래야 조금 더 흥미로운 장면이 연출될 것 같아서였다.

"스트라이크 아웃."

심판의 아웃 판정에 타자가 아쉬워하면서 물러섰다. 의표를 찌르는 볼 배합이어서 배트를 제대로 휘두르지도 못했으니 아쉬울밖에.

투수가 선출이니 확실히 다르긴 달랐다. 물오른 공포의 외인구단 타자들도 쉽게 안타를 쳐 내지 못했다.

주혁은 몸을 풀면서 상대 팀 타자들에 대해서 들었다.

박건준 코치는 주의해야 할 타자들에 대해서 일러주었다.

"4번이 힘은 좋지만, 개인적으로는 5번을 더 조심해야 할 것 같아. 배트 컨트롤이 아주 좋아. 아주 잠깐이기는 하지만, 1군에서도 뛴 적이 있는 타자야."

"1군에 콜업된 적이 있는 타자라……."

2군 선수 중에서도 탁월했다는 이야기다. 그리고 1군에서 대타 요원이 되었든, 뭐가 되었든 뛸 만한 자격이 된다고 코칭스태프가 판단했다는 뜻이고. 그런 정도면 선출 중에서도 최고 클래스다. 주혁은 승부욕이 꿈틀거렸다.

'그러고 보니 예전 구속으로 다시 돌아왔네?'

박건준 코치는 스피드건에 구속이 132km까지 찍히는 걸 보고는 구속이 조금 올라왔음을 알았다. 사실 저 정도 스피드면 제구력만 좋으면 프로 1군에서도 뛸 수 있다. 더군다나 좌완 투수가 아닌가.

하지만 그 정도 제구력을 기대할 수는 없었다. 그래도 주혁은 제구력이 나쁘지 않은 편이었다. 적어도 가운데로 몰리는 공은 거의 없었으니까.

'체인지업이나 포크만 있었으면 정말 사회인 1부 리그에서도 손꼽히는 투수일 텐데.'

박건준 코치는 피식 웃었다. 지금 우리나라 배우 중에서 최고라고 일컬어지는 사람을 두고 무슨 생각을 한단 말인가. 지금 이 정도 해주는 것만 해도 감지덕지해야 할 판이었다.

쉬이이이익. 퍼엉.

"나이스~"

낮게 깔리는 직구였다. 이런 정도로 제구가 된다면 쉽게 공략당하지는 않을 것이다. 오늘이 마지막인데 난타당하는 모습은 좀 그렇지 않은가. 가능하면 멋진 모습을 보여주고 퇴장하기를 바랐다.

*   *   *

경기는 팽팽했다. 1 대 1. 주혁은 3회에 나와서 무실점으로 틀어막았다. 그리고 이어지는 4회. 4회는 3번 타자부터 타순이 시작되었다.

3번 타자에게는 투 스트라이크에서 연속해서 바깥쪽으로 흐르는 느린 슬라이더를 두 개 던졌다. 그러나 타자도 만만치 않아서 유인구에 속지 않았다. 하지만 자연스럽게 바깥쪽에 느린 공 두 개가 머리에 들어 있는 상황.

―몸 쪽 빠른 직구. 정말 의표를 찌르는 공이었습니다.

―지금 구속이 131㎞가 찍혔지만, 아마도 타자는 140㎞ 정도는 된다고 느꼈을 겁니다. 느린 변화구를 두 개나 보여주고 역으로 간 볼 배합이 정말 훌륭했습니다.

제작진은 이번 경기를 위해 아예 캐스터와 해설자를 초빙해서 중계를 녹화하고 있었다. 그만큼 주혁의 마지막 경기를 중요하게 생각하고 있다는 거였다.

이어지는 4번 타자와의 승부. 힘이 있는 타자라고 생각해서인지 주혁은 초구부터 전력투구했다.

아주 낮게 들어오는 빠른 공.

건드려도 파울이 되었다. 하지만 제구가 쉽지 않아서인지 볼이 연속해서 들어오면서 투 볼 투 스트라이크가 되었다. 그리고 다섯 번째 공.

—아, 이게 뭔가요. 슬로우 커브. 구속이 100km도 나오지 않는 슬로우 커브입니다.

공은 곡선을 그리면서 포수의 미트로 쏙 들어갔고, 미트의 위치는 공이 스트라이크 존을 지나서 왔다는 걸 보여주고 있었다. 타자는 멍하니 공을 바라보기만 했다. 완전히 타이밍을 빼앗겨서 그런 거였다.

타자는 어이없다는 표정으로 주혁을 한 번 쳐다보고는 고개를 저으면서 더그아웃으로 들어갔다.

—저런 볼 배합은 배짱이 없으면 절대로 할 수 없죠. 타자가 노리고 있었다면 배팅 볼이라고 볼 수도 있는 공이었으니까요.

─그렇습니다. 그렇다면 투수가 그만큼 연기를 잘했다고 볼
수도 있겠군요.

─예, 맞습니다. 연기파 배우라서 그런 걸까요? 타자가 정말
완벽하게 속았습니다.

그리고 이어지는 5번 타자. 치열한 승부였다. 전혀 생각
지도 못한 볼 배합으로 간다고 했는데도, 어김없이 커트를
해냈다.

그런 상황에서 나타난 주혁의 기상천외한 투구. 주혁은
와인드업을 하고는 갑자기 사이드암으로 공을 던졌다.

그것도 몸 쪽 높은 코스의 공.

평소 같았으면 충분히 골라냈을 공이었는데, 타자가 당
황해서인지 배트를 휘둘렀다. 당연히 눈높이로 오는 공을
당황한 상태에서 제대로 쳐낼 리 만무했다.

방망이는 허공을 갈랐고, 그렇게 이닝이 종료되었다.

─아니! 이건 또 뭔가요?

해설자와 캐스터도 처음 보는 광경에 웃음을 참지 못했
다. 변칙 투구였지만, 문제가 될 건 없었다. 사람들도 손뼉
을 치면서 좋아했다.

원재훈 PD는 너무 흥분해서 자리에서 벌떡 일어났다. 어떻게 이렇게 볼거리를 만들어주는지 신기할 따름이었다. 이게 운인지 뭔가가 있는 것인지 궁금했다.

주혁의 투구는 거기까지였다. 하지만 그의 활약은 아직 끝나지 않았다. 타석에서는 범타로 물러났지만, 수비에서 또 한 번 기가 막힌 장면을 연출했던 것이다. 6회에 주자 1루에서 우익수 앞 안타 때 주자는 3루로 뛰었다.

주혁은 잡자마자 빨랫줄 같은 공을 3루수에게 던졌고, 공은 3루수의 글러브에 정확하게 들어갔다. 3루수는 날아오는 공을 보고 알 수 있었다. 잡기만 하면 무조건 자연 태그라는 사실을. 공은 놓치기 어려울 정도로 정확하게 날아왔다.

원 아웃에 1, 3루가 될 상황이 순식간에 투 아웃에 주자 1루가 되었다. 그 장면이 결정적이었다. 그리고 7회 원 아웃에 주자 1루와 3루의 상황에서 강주혁의 큼지막한 외야 플라이.

결국, 승부는 공포의 외인구단이 2 대 1로 승리했다.

주혁은 그날 같이 맥주 한잔할 시간도 내지 못했다. 바로 추노 촬영을 위해 이동해야 했으니까.

하지만 아쉬워하는 사람들에게 주혁은 이렇게 말했다.

"공포의 외인구단의 뜨거운 여름은 아직 끝나지 않았습

니다. 나중에 다시 만났을 때는 지금보다 더 행복해진 모습으로 보았으면 좋겠습니다. 아니, 그렇게 되리라고 믿습니다."

주혁은 사람들과 뜨거운 포옹을 나누고는 자리를 떠났다. 언젠가는 다시 만날 것을 기약하면서.

CHAPTER **42**
신기원

전우치와 아바타. 거의 모든 사람이 하반기 극장가의 최대 격전지를 두 작품이 개봉하는 추석 전후로 보고 있었다. 아바타는 전 세계를 대상으로 공격적인 마케팅을 펼치고 있었고 솔직히 다른 나라의 영화들에 대해서는 크게 신경 쓰지 않는 눈초리였다.

　"당연히 그러지 않겠어? 영화의 신기원이 열렸다고 떠들고 있잖아. 그만큼 자신감이 있다는 이야기지."

　"제작비가 2억 불이 넘는다잖아. 2억 불. 2억 원도 아니고. 솔직히 전우치도 괜찮을 것 같기는 한데, 아바타에는 좀 힘들지 않을까?"

아바타가 워낙 화제작인 데다가 엄청난 마케팅 공세를 퍼붓고 있어서 사람들의 의견은 아바타 쪽으로 조금 기울고 있었다.

거기에는 아바타의 감독에 대한 신뢰도 무시할 수 없었다. 이런 대작을 소화할 수 있는 훌륭한 감독이었기 때문이었다.

하지만 한국영화 전우치에 대한 응원도 만만치 않았다. 그리고 김중택 대표는 일부러 구도를 아바타와 전우치, 할리우드 블록버스터와 한국형 판타지로 끌고 갔다. 어느 정도 자신감이 있었기 때문이었다.

10월 1일 전 세계 동시 개봉하는 아바타는 타이타닉을 만든 제임스 카메론 감독의 신작으로 기획 단계부터 전 세계적인 관심을 받은 대작… 이 영화를 기다리고 있던 팬들은 최근 공개된 예고편만으로도 흥분하고… 실사와 애니메이션, 게임 영상을 파격적으로 버무린 듯한 신비한 영상으로…….

김중택은 기사를 읽으면서 고개를 끄덕였다. 그도 충분히 호평을 받을 만한 영화라고 생각하고 있었다. 3D로 영화를 제작하겠다는 그 도전 정신도 대단했다. 정말 세계 영화사의 한 획을 긋는 중요한 작품이라고 생각했다.

하지만 전우치도 그에 못지않다고 생각했다. 국내와 국외에서 활약 중인 수많은 인력이 참여해서 지금까지 전혀 보지 못했던 컴퓨터 그래픽을 만들어냈다. 마치 한 폭의 동양화를 보는 것 같은 그런 영상을.

물론 3D는 아니었다. 하지만 3D가 무조건 우월한 것이라고는 생각하지 않았다. 아바타의 영상을 보고는 전혀 생각지도 못했던 그런 영상이라고 생각했지만, 상대도 마찬가지 생각을 하리라 여겼다.

"아마 깜짝 놀라지 않을까?"

"재미있을 거예요. 아바타가 역동적이고 신비로운 느낌이라면, 전우치는 절제되고 압축된 멋이 있으니까요."

주혁은 김중택 대표와 변장을 하고 상영 첫날 몰래 영화관을 찾았다. 그리고 영화를 기다리면서 기사도 검색하고 조용히 이야기도 나누고 있었다.

주혁은 매진이라는 붉은 글자를 흐뭇한 표정으로 바라보았다.

"오늘은 화장실 가지 않으실 거죠?"

"저번에는 어쩌다가 한 번 간 거라니까. 오늘은 안 간다고."

주혁은 농담을 하면서 긴장을 풀었다. 항상 새로운 영화가 처음 상영하는 날이 영화를 촬영할 때보다도 더 떨렸다. 더군다나 이번 영화는 기대가 큰 만큼 긴장도 컸다. 그래서 다른 때보다도 유독 사람들의 반응에 신경이 쓰였다.

그리고 시간은 왜 그렇게 가지가 않는 것인지. 20분이 남았다고 본 것이 한참 전인 것 같은데, 아직도 15분이 넘게 남아 있었다. 기다리는 시간은 쉽사리 오지 않고, 아쉬운 시간은 빨리 도망가 버리는 게 세상의 이치인 듯했다.

이전과는 다른 영화를 체험하는 기념비적인 작품이 탄생될 것으로 기대된다고 전했다. 이에 맞서는 한국형 슈퍼 히어로물 전우치는… 기획 단계에서부터 한국 영화 관계자들의 관심이 집중된 영화이며… 도심 빌딩 숲에서의 보여주는 와이어 액션… 이야기꾼 지동훈 감독과 최근 가장 핫한 배우인 강주혁의 만남…….

주혁은 피식 웃었다. 이번 기사는 돌아다니는 정보를 가지고 쓴 티가 조금 났기 때문이었다. 아마도 영화를 본 적이 없는 듯했다. 아마 영화를 직접 보았다면, 이렇게 밋밋한 기사를 쓰지는 않았을 테니까.

그때 김중택 대표가 주혁을 툭툭 건드렸다.

"들어가자고. 표 받는다고 그러네."

주혁과 김중택은 상영관 안으로 들어갔다.

표를 받는 아르바이트생도, 근처에 있던 관객도 아무도 그들이 이 영화의 주연배우와 배급사의 대표라는 걸 알지 못했다.

지루한 CF가 여러 개 지나가고 영화관이 어두워졌다. 그러고도 광고가 몇 개나 더 나왔다. 그리고 드디어 영화가 시작되었다.

"오오~"

영화의 첫 장면. 사람들의 입에서 나지막한 탄성이 흘러나왔다. 요괴들과 표훈 대덕의 이야기가 나오는 장면이었다. CG 팀이 정말 공들여서 작업한 장면. CG 작업 중에서 가장 돈이 많이 들어간 장면이기도 했다.

수묵화를 보는 것 같으면서도 전혀 정적이지 않았다. 붓이 거칠게 할퀴고 지나간 듯한 표현이 무언가 터질 것 같다는 긴장감을 불러일으켰고, 간결한 음영은 오히려 강한 존재감을 드러냈다.

마치 화면에서 진한 먹향이 뿜어져 나오는 것 같았는데, 신기하게도 아주 세련되고 파워가 넘친다는 느낌을 주었다. 아주 오래전 이야기를 하는 장면이라서 그런지 이런 표현이 훨씬 어울렸다.

그렇다고 정적인 표현만 있느냐. 그건 또 아니었다. 요괴들이 움직일 때는 그만큼 박진감이 넘쳤다.

주혁은 보면서 감탄을 금치 못했다. 정말 저런 영상은 그 래픽이 아니라면 표현할 수 없는 거였다.

그리고 그것도 동양의 수묵화가 주는 그런 감성을 알지 못하는 사람들은 죽었다가 깨어나도 할 수 없는 그런 표현 이었다. 전에 봤을 때도 정말 대단하다는 생각을 했지만, 커다란 스크린으로 보니 정말 압도당하는 기분이 들었다.

이미 화면을 본 자신이 그 정도였으니 처음 보는 사람들 은 어떠하겠는가. 사람들은 하나같이 스크린에서 눈을 떼 지 못하고 있었다.

주혁이 고개를 슬쩍 돌려 옆을 보다 웃음이 터질 뻔했다. 옆으로 주르륵 앉은 사람들이 모두 입을 벌리고 화면을 보 고 있었기 때문이었다.

그리고 이야기가 이어지다가 사람들의 입에서 다시 탄성 이 나오는 장면이 있었다. 바로 요괴와 싸우는 장면이었다. 그리고 김중택 대표는 확실하게 알 수 있었다.

'CG 팀이 왜 그런 이야기를 한 건지 알겠어.'

본래 CG 팀은 대충 움직이면 자신들이 알아서 그려 넣겠 다고 이야기했었다. 기본적인 동선이야 콘티에 그려져 있 었지만, 배우는 실제로는 보이지도 않는 요괴와 싸워야 했 으니까 그리 말한 거였다.

그런데 나중에 주혁이 찾아와서는 이야기를 해주었다. 요괴와 어떤 식으로 싸우는지를 상상하면서 움직였다는 이야기를. 당연히 그랬을 것이다. 보이지 않는다고는 해도 상상은 하면서 움직였겠지 했다.

그런데 이게 설명을 듣고 거기에다가 그래픽을 입히려고 하니까 굉장히 디테일하면서도 그림이 좋았다. 구도는 물론이고 요괴의 움직임 자체가 굉장히 힘차면서도 자연스러웠다. 그래서 CG 팀은 나중에 주혁을 다시 불렀다. 더 자세하게 설명해 달라고.

그래서 지금 보이는 이 장면은 주혁의 상상을 거의 그대로 재현한 것에 불과하다고 담당자는 말했다. 물론 겸손하게 이야기를 한 거겠지만, 그만큼 주혁이라는 배우가 얼마나 치밀하고 철저하게 준비하고 촬영에 임했는지를 알 수 있었다.

"우와~"

또 탄성이 터졌다. 주혁의 액션은 사람의 혼을 빼놓는 힘이 있었다. 주혁은 강약을 알고 템포를 조절할 줄 아는 배우였다. 그것이 연기뿐만 아니라 액션의 영역까지 확장되었다.

액션의 묘미는 긴장감과 박진감. 천천히 움직이거나 멈추어 있을 때는 팽팽한 줄이 당겨지는 것 같은 긴장감이 느껴져야 한다. 그리고 맞붙을 때는 화끈하고 시원하게 터지는 맛이 있어야 한다.

천천히 움직인다고 느슨한 느낌이 들거나, 막 싸우고 있는데 그다지 흥이 나지 않는다면 그런 액션을 누가 보고 있겠는가. 주혁은 그걸 조절하는 능력이 탁월했다. 비슷한 템포로 움직이는 경우가 거의 없었다.

때로는 빠르게, 때로는 느리게. 하지만 각각의 상황에서 관객이 어떤 느낌을 받게 해야 좋은지를 명확하게 꿰뚫어 보고 있었다. 그래서 주혁이 훌륭한 배우인 것이다. 사람들이 뭘 원하는지, 어떤 걸 주어야 만족할지를 너무나도 잘 알았다.

"끝내준다."

사람들은 흥에 겨워서 중얼거리며 점점 이야기에 빨려들었다.

그리고 이야기가 진행될수록 조연들의 활약도 돋보였다. 워낙 독특한 개성을 가지고 있는 조연들이 곳곳에 포진해 있으니 영화가 지루할 틈이 없었다. 조연들의 존재감도 굉장했다.

그래도 한 가지는 틀림없었다. 모두가 주혁이 주인공이라고 생각한다는 거였다. 주혁을 중심으로 모든 이야기와 인물이 연결된다고 아주 자연스럽게 생각되었다. 주혁을 대단한 배우라고 이야기하는 또 다른 이유였다.

그만큼 영화를 장악하는 능력이 강하니 관객들이 영화에 몰입할 수밖에 없다. 만약 주연배우의 힘이 약하면 이야기를 따라가기가 어렵다. 중간에 자꾸 다른 곳으로 눈길이 가기 때문이다.

하지만 주혁은 조연이 연기하고 있더라도 항상 주혁이 주인공이라는 이미지가 관객의 머리에는 남아 있었다. 그런 장악력이 있는 배우와 없는 배우의 차이는 엄청나다. 그래서 이 영화에서 개성이 강한 조연들이 그렇게 활개를 치는데도 내용이 산만하게 느껴지지 않았다.

그렇게 영화는 과거에서 현대로 넘어왔고 마지막을 향해 치달았다. 김중택과 주혁은 만족스러웠다. 마지막 결말이 다가왔는데도 그사이에 핸드폰으로 시간을 살피거나 딴청을 부리는 사람을 보지 못했기 때문이었다.

그만큼 사람들이 시간 가는 줄 모르고 영화를 보았다는 뜻이었다. 그리고 그런 사실은 밖으로 나가는 사람들의 뜨거운 반응만 들어도 알 수 있었다.

"야, 야. 끝내주지?"

"대박, 대애박~"

"그지? 우와, 이제 우리나라도 이 정도 영화를 만드는구나."

*　　　*　　　*

전우치, 스크린에 세운 상상 이상의 세계.

한국형 블록버스터 역사의 새 이정표.

찬사가 쏟아졌다. 독특한 컴퓨터 그래픽과 멋진 액션. 그리고 배우들의 열연이 잘 버무려진 영화라는 평이었다.

하지만 아직은 마음을 놓을 수 없는 단계였다. 아바타의 개봉이 일주일 뒤였기 때문이었다.

하지만 전우치는 엄청난 인기몰이를 했다. 정말 볼만한 우리나라 영화라는 인식이 사람들 사이에 퍼졌고, 실제로도 볼거리가 풍성했다. 신선한 감각과 그래픽, 시원하고 화끈한 액션, 잘생긴 주연배우, 조연들의 감칠맛 나는 연기.

남녀노소 가리지 않고 본 사람들은 만족스러워했다.

아바타의 배급사가 오히려 바짝 긴장했다. 사실 전우치가 대작이라는 건 알고는 있었지만, 이 정도 흥행 돌풍을 일으키리라고는 생각지 못해서였다.

하지만 물은 이미 엎질러진 상태. 홍보와 마케팅에 총력을 기울이면서 아바타의 개봉에 심혈을 기울였다. 그리고 드디어 화제의 영화 아바타는 전 세계 동시 개봉을 하게 되었다.

현존하는 최고의 기술이 집약된 영화, 아바타.

화려한 그래픽이 압권.

상상을 초월하는 새로운 세계를 열다.

찬사가 쏟아졌다. 훌륭한 영화였다. 하지만 극찬이라고 보기에는 어딘가 석연치 않은 그런 반응이 많았다. 당연히 전우치와 비교가 되었는데, 생각보다는 좋은 평을 듣지 못했다. 3D라는 점을 제외하고는 오히려 전우치가 신선하다는 평이 많았다.

게다가 관객들의 반응도 그리 시원치 않았다. 인터넷상에는 오히려 전우치보다 못하지 않느냐는 글들이 제법 보였다.

당연히 관객 수도 전우치에 뒤졌다.

배급사는 개봉 첫 주라 그런 거라며 탄력이 붙으면 양상이 바뀔 것으로 생각했지만, 날이 계속되어도 상황은 나아지지 않았다. 그러면 아바타의 흥행 성적이 좋지 않은 것이냐. 그건 또 그렇지 않았다.

전 세계에서 흥행 돌풍을 일으키고 있는 아바타. 유독 한국
에서만 고전.

전우치 과연 어떤 영화인가.

아바타의 흥행이 계속될수록 오히려 전우치가 주목받았
다. 전 세계적으로 흥행하고 있는 아바타를 유일하게 누르
고 있는 것이 전우치였기 때문이었다.

중국과 일본에서는 상당한 금액을 주고 수입하려는 움직
임이 보였다.

"그리고 일본하고 중국에서 와달라는 요청이 많아."

"바쁜데……."

주혁은 내키지 않는 얼굴이었다. 지금 홍보하고 추노 촬
영하기도 바빴다. 하지만 기재원 대표와 상의를 한 결과 어
떻게든 한 번 정도는 시간을 내보기로 했다. 아주 짧은 일
정이면 가능할 것 같기도 했다.

"그리고… 할리우드에서도 자네를 보자고 하는 곳이 많
은데 말이지……."

"거긴 바빠서 어렵겠네요."

생각보다 발 빠르게 움직이는 곳이 제법 많았다. 그만큼 아바타의 위상이 컸다. 그 대단한 아바타를 누르는 전우치. 그 영화의 주연배우인 주혁에게 접촉이 들어오는 건 당연한 일이었다.

하지만 당장은 아니었다. 어차피 할리우드에 가기는 갈 것이지만, 지금은 하고 있는 작품이 더 중요했다. 하지만 이미 주혁에게 관심을 갖는 사람들이 생겨났다. 유수의 영화사나 배급사. 배우나 감독들이 전우치를 보고는 주연배우에 관해서 알아보기 시작했다.

*　　　*　　　*

전우치가 승승장구하면서 덩달아 한국의 영화나 드라마, 배우와 감독에게까지 관심이 이어졌다. 어느 날 갑자기 하늘에서 뚝 떨어지는 건 없는 법이다. 모든 것은 쌓이고 쌓여서 나타나는 거다.

그러니 도대체 어떤 토양에서 무슨 작품들이 나오고 있는지 관심을 가지는 것이었고, 그걸 만드는 사람도 주목하는 거였다. 특히나 전우치와 관련된 것에는 감당하기 어려울 정도로 관심이 쏟아졌다.

주혁이 예전에 출연했던 작품들도 주목을 받았고, 급기

야 관심은 아직 방영하지도 않은 추노에까지 이어졌다. 아시아권에서는, 특히 일본과 중국에서는 추노를 수입하겠다고 연락이 오고 있었다. 아직 찍지도 않았는데 말이다.

그리고 아직 정식으로 수입되지 않은 전우치에 대한 평가도 높아져 갔다. 중국에서는 이미 캠 버전으로 전우치가 인터넷에서 돌아다니고 있었다. 그리고 열풍은 점점 거세져서 광풍으로 바뀌기 시작했다.

"중국에는 조만간 한번 가봐야 할 것 같아."

"왜요? 올해 말에 한번 가기로 하지 않았나요?"

드라마가 본격적으로 바빠지기 전에 시간을 한번 내기로 했었다. 하지만 기재원 대표는 고개를 휘저었다. 지금 주혁에게로 연락이 오는 게 상상 이상이었다. 전부 중국에서의 열기 때문이었다.

전우치에 대한 중국의 평가는 한국에서 상상하는 것 이상이었다. 중국의 중앙기율검사위원회 서기는 자국의 전통문화를 승계하여 미국의 거대자본 영화에 승리를 거둔 점을 주목해야 한다면서 목소리를 높였고, 공산당의 고위 간부도 전통문화의 승화와 상상력의 결합은 우리가 나아가야 할 바라고 말했다.

"자네 인기는 저번에 갔을 때하고는 비교도 되지 않을 정도야. 그쪽에서 부르는 금액도 그때하고는 상대도 되지 않을 정도고. 바쁘지만 않다면 그쪽으로 집중해도 좋을 것 같은데 말이지."

기재원 대표는 즐거운 엄살을 떨었다. 하지만 사실이었다. 중국에 불어닥친 전우치 광풍은 어마어마했다. 한국과 같은 작은 나라에서 만든 영화가 할리우드 블록버스터 영화를 이겼다는 점. 그것도 아바타라는 엄청난 작품을 이겼다는 게 놀라웠기 때문이었다.

거기다가 동양적인 것이 세계적인 것이 될 수 있다는 걸 증명한 것이라면서 엄청난 반응을 보였다. 당의 고위층이 전우치라는 영화를 언급한 것만 해도 얼마나 대중들에게 전우치가 인기가 있는지를 단적으로 보여주는 셈이었다.

그래서 중국에서는 온갖 인맥을 동원해서 강주혁 모시기에 나서고 있었다. CF를 비롯한 행사와 예능에 이르기까지 다양한 분야에서 참석해 달라는 연락이 왔다. 개중에는 고위층과 연관된 연락도 있었다.

"펑리위안 여사의 연락도 있었어."

"정말요? 아, 그분 부탁이면 안 갈 수는 없는데⋯⋯."

다른 거야 일정을 핑계로 대충 거절할 수 있지만, 펑리위안의 부탁이라면 사정이 다르다. 신세를 진 적이 있으니 거절하기 어려운 것이다. 그리고 누가 어떻게 줄을 댔는지 모르겠지만, 황실에서도 연락이 왔단다.

"황실도 거절하기 어려운데……."

황태자와의 관계를 생각해서라도 매정하게 뿌리치기는 어려웠다. 이래저래 주혁의 스케줄은 점점 꼬여만 갔다. 거기다가 일본과 태국, 베트남에서까지 주혁을 부르는 연락이 많아졌다. 물론 할리우드에서의 연락도 끊이질 않았다.

하지만 모두 참석할 수는 없었다. 주혁은 일단 중국에 시간을 한번 내기로 하고, 나머지는 전부 내년으로 미루었다. 그렇게 하는 게 지금으로써는 최선이었다.

발 빠르게 움직인 것은 중국 여행사들이었다. 그들은 전우치의 촬영장을 돌아보는 관광 코스를 개발해서 관광객을 끌어모았다. 덕분에 중국 관광객이 급증했고, 한국 관련 상품도 큰 인기를 얻었다.

그리고 아바타가 흥행하면 할수록 전우치에 대한 관심도 커졌다. 할리우드 관계자들이 보기에 전우치는 굉장히 신비로운 작품이었다. 아바타도 영화의 새로운 세계를 열었지만, 전우치도 동양식 판타지 액션이라는 독특하면서도 매력적인 장르를 개척했다는 평이었다.

그래픽도 높은 평가를 받았다. 뉴욕 포스트에는 아바타는 기술의 완성, 전우치는 감성의 완성이라는 제목의 기사가 실리기도 했다.

그리고 서양의 액션과는 확연한 차이가 있는 전우치의

액션도 주목받았다. 특히나 미국의 젊은 감독들이 전우치의 독특한 분위기와 액션에 빠져들었다. 마치 80년대 홍콩 느와르 영화의 독특함에 그 당시 젊은 감독들이 많은 영향을 받은 것처럼.

그리고 제작자들은 200억 원이라는 저렴한 비용, 거의 독립 영화 찍을 비용으로 이런 영화가 나왔다는 것에 충격 받았다. 도대체 어떻게 작업을 했기에 그렇게 싸게 먹힐 수 있었는지 궁금해했다.

원래 제작자들이야 싼 제작비로 흥행할 수 있는 영화를 만들 수 있다면 무슨 짓이라도 할 수 있는 자들 아닌가. 그래서 관심이 있는 자들끼리 모여서 분석하기에 바빴다.

"정말 스타일리시하지 않은가. 역시나 동양은 무언가 신비하고 놀라운 게 있어."

"그런데 내가 보면서 대충 계산을 해보았는데, 이상해. 제작비가 이렇게 나올 수가 없는데 말이야."

제작자이다 보니 보기만 해도 어떤 식으로 찍었고, 비용은 대충 얼마가 들어가고 하는 게 계산이 되었다. 그런데 물가나 여러 가지를 고려한다 하더라도 이상하게 쌌다. 그래서 혹시 CG 가격의 차이가 아닌가 생각했다.

그렇다면 그 CG 팀을 반드시 알아놓아야 한다. 저렴한 가격에 탁월한 실력을 보이는 팀이라면 누가 싫어하겠는

가. 물론 그런 점도 약간은 있었다. CG 팀에 합류한 사람 중에는 금액에 크게 구애받지 않고 온 사람들이 있었으니까.

독특한 그래픽을 만든다는 사실에 끌려서 합류한 인력들이었는데, 그건 전체 제작비로 보자면 큰 금액은 아니었다. 오히려 그들이 생각지도 못한 방식으로 촬영해서 제작비가 절감된 것이 더 컸다.

"내가 알아보니까 우리가 생각했던 것과는 달리 CG가 아닌 부분이 많았어. 이 부분도 주연배우가 와이어 액션으로 찍었다던데?"

"무슨 미친 소리야. 벽에서 옆으로 움직이는 걸 어떻게 와이어 액션으로 찍었다는 거야?"

벽에서 옆으로 움직이거나 달리는 액션? 아주 쉽다. 세트를 만들어 놓고 찍은 다음에 화면을 눕히거나. 아니면 배우가 액션을 하고 나머지를 CG로 만들면 된다. 미국에 있는 제작자들은 모두 그렇게 생각하고 있었다.

"이런 동작이 정말 가능하다고?"

"그러게 말이야. 당연히 세트에서 찍고 배경을 모두 CG로 했다고 생각했는데 말이지."

현장에서의 와이어 액션은 여러모로 제약이 많다. 움직임에도 제약이 있고, 액션 자체도 만족스럽게 나오기가 쉽지 않다. 와이어를 달고 움직이는 것 같다고 관객이 느끼는 순간 그 와이어 액션은 실패다.

하지만 전우치에서 주혁의 액션을 보면 너무나도 자연스러웠다. 제작자이니 현장에는 얼마나 많이 가봤으며, 영화를 얼마나 많이 봤겠는가. 하지만 그들이 보기에 주혁의 와이어 액션은 아주 신기했다. 그러니 주혁을 주목할 수밖에 없었다.

그렇게 동양의 신비스러운 작품 전우치에 전 세계가 주목했고, 주혁을 할리우드로 부르려는 움직임이 슬슬 시작되었다. 그리고 덕분에 추노는 아직 몇 장면을 찍지도 않았는데, 아시아 국가에 고액으로 선판매되는 진기록을 세우게 되었다.

*   *   *

"저는 이런 걸 받을 때 가장 뿌듯한 것 같아요."

주혁에게 온 메일이 한 통 있었다. 미국에서 유학 생활을 하는 학생이었는데, 그동안 은근히 무시를 당했다고 했다. 이름조차 생소한 국가라며 학생들이 무시했던 거였다. 심지어는 미개한 국가라는 말까지 들었단다. 그런데 이번에 전우치가 알려지면서 상황이 달라졌다.

한 백인 친구는 먼저 다가와서 친하게 지내자고 했단다. 그동안 무시한 걸 미안하다고 하면서. 이유를 물어보니 아바타와 비견될 만한 문화 상품을 만들어내는 걸 보고 생각이 바뀌었다고 했다. 그런 나라를 미개하다고 한 건 명백하게 실수였다면서.

주혁은 보면서 가슴이 벅찼다. 한국의 자동차를 타고 거리를 다니고 한국의 가전제품을 사면서도 정작 한국에 대해서는 잘 모르는 사람이 많았다. 오히려 한국보다는 북한을 더 많이 알았다.

그런데 이번에 아바타와 전우치의 이야기가 널리 회자되면서 한국에 대한 위상이 달라졌다. 그들의 자랑인 아바타. 그리고 그것과 같은 선상에서 이야기되는 전우치. 이제는 한국을 문화가 발달한 나라라고 인식하기 시작했다.

"덕분에 유럽이나 남미에서까지 한국 문화 상품에 관심을 갖는 사람이 많아졌어."

케이팝이나 한국 영화나 드라마, 예능에까지 관심을 갖게 되었고, 인터넷 게임이나 웹툰에 대한 관심도 높아졌다. 물론 갑자기 생긴 관심이었다. 잠깐 반짝하다가 사라질 수도 있는 그런 일이었다.

하지만 주혁은 충분히 가능성이 있다고 생각했다. 그만큼 한국의 문화 콘텐츠가 풍부하고 좋다는 생각이었다. 다양한 드라마와 영화, 게임, 웹툰, 거기다가 케이팝까지.

"기회를 잘 살려야겠네요. 게임이야 워낙 유명하니까 그렇다고 쳐도, 케이팝이나 방송 콘텐츠는 아직 갈 길이 멀죠."

"이번이 아주 좋은 기회야. 우리 애들도 이번에 남미 쪽으로 진출해 볼 생각이야. 미국 시장이야 다르겠지만, 남미는 해볼 만하지."

주혁은 이번에 찍는 추노도 굉장히 중요하다는 생각이 들었다. 전우치가 확 뜨면서 가장 주목받는 게 추노인데, 이 작품이 잘되어야 앞으로 길이 탄탄대로가 아니겠는가.

"저는 촬영하러 가볼게요. 이제부터 정말 촬영이 바빠질 거라서 잘 들르지 못할 수도 있어요."

"여기는 걱정하지 말고 촬영에 집중하자고. 내가 상의해서 중국 일정이 정해지면 알려줄 테니까."

주혁은 인사를 하고는 서둘러서 촬영장으로 향했다. 전우치도 전국을 돌아다니면서 촬영을 했는데, 추노도 만만치 않았다. 오늘 촬영할 장소는 해남이었다.

"아이구구, 어서 와, 어서 와. 이거 주혁 씨 덕분에 내가 요즘 방송국에서 아주 힘을 팍팍 주고 다닌다니까."

PD가 화통하게 웃으면서 주혁을 맞이했다. 방송국에서 시청률에 연연하는 건 다 광고 때문이다. 방송국도 돈에서 자유로울 수는 없는 일이다. 그런데 광고는 이미 완판. 게다가 외국에 수출까지 되었으니 PD가 힘을 줄 만했다.

물론 그만큼 부담도 컸다. 이게 기대가 큰 만큼 조금이라도 잘못되는 날에는 나락으로 떨어져서 다시는 재기하지 못하는 신세가 될 것이다. 하지만 촬영을 하다 보니 느낌이 좋았다. 방영을 해봐야 알겠지만, 이번에는 확실하다는 자신감이 생겼다.

그만큼 영상이 훌륭했다. 1부를 찍고 2부를 촬영하면서 그 자신감은 확신으로 바뀌었다. 이런 영상을 보고 사람들이 좋아하지 않을 수 없다고 생각했다. 아직 제대로 편집도 되지 않은 장면을 보면서 이렇게 가슴이 뛴 적은 처음이었다.

참 신기한 것이 주혁은 몸놀림이 다른 사람과 달랐다. 이게 그냥 봐도 티가 팍팍 났는데, 고속 카메라로 찍은 장면은 그 차이가 더 명확했다. 점프하는 높이도 달랐고, 굉장히 빠르고 정확했다.

그래서 촬영하기가 무척 편했다. 정말 제대로 찍기만 하면 작품이 나왔다. 움직이면서 가늘게 떨리는 잔근육 하나까지도 심하게 멋져 보였다. 촬영 감독은 아주 신이 났다. 찍는 장면마다 좋은 그림이 나오니 신이 날밖에.

게다가 주혁은 NG를 거의 내지 않았다. 다른 배우가 NG

를 낼지언정 주혁의 연기나 액션은 NG를 내는 경우가 아주 드물었다. 정말 촬영하는 사람들에게는 보물 같은 존재였다.

그리고 그런 주혁의 활약이 오늘도 계속되었다. 갈대밭에서 대길과 송태하가 대결하는 장면을 촬영하는 거였는데, 찍다가 사람들이 모두 말을 잊었다.

둘이 동시에 공중으로 뛰어올랐고, 공중에서 멈추었다. 구릿빛 피부에 사람을 압도하는 거친 눈빛. 거기다가 바람에 흩날리는 머리카락. 이제는 하다하다 바람까지 도와주고 있었다.

"우와, 이거 좋네요."

"이게 정말 우리들 찍은 건가요? 이야, 느낌 죽이는데요?"

배우들도 와서 촬영된 장면을 보고는 감탄했다. 특히나 바람에 머리카락이 살짝 나부끼는 장면이 아주 묘한 분위기를 연출했다. 다른 장면이야 능력으로 된다지만 바람까지 어떻게 하겠는가. PD는 정말 되는 사람은 뭘 해도 되는구나 하는 생각이 들었다.

이런 장면을 찍고 나면 피로감이 거의 없다. 힘들게 찍었더라도 결과물이 잘 나오면 없던 힘도 불끈불끈 솟아난다. PD와 스태프들은 추노의 촬영을 하면서는 매일 이럴 것 같다는 생각을 했다.

주혁도 엄청난 연기와 액션을 보여주었다. 감정 처리가 소름 끼칠 정도였다. 그리고 다른 배우들도 연기와 액션 모두 엄청났다. 주혁이 워낙 돋보여서 그렇지, 다른 배우들도 보고 있자면 빨려 들어갈 것 같은 그런 연기를 했다.

찍으면서도 모두가 이야기했다. 말도 안 되는 일이라고. 출연하는 배우 모두가 이렇게 존재감을 뽐내는 드라마는 본 적이 없다고. 그러면서 이 작품은 분명히 대박이라는 이야기를 서슴없이 했다.

PD는 흐뭇한 마음으로 촬영을 한 장면을 손봐서 음악감독에게 넘겼다. 그리고 음악감독은 외주를 준 사람들에게도 영상을 보냈다. 음악 만드는 데 참고하라고. 그리고 그 영상을 본 사람들은 깜짝 놀랐다.

"형, 이거 뭐죠? 너무 멋있어서 욕이 나오려고 해요."

사람들은 깊은 고민에 빠졌다. 다들 비슷한 생각이었다. 너무나도 멋지고 끝내주는 영상이어서 할 말을 잃었다. 정말 죽여줬다. 그리고 그만큼 부담이 되었다. 이런 장면에 어울리는 곡을 만들어야 했으니까.

"야, 이거 보통 걸로는 안 되겠다."

사람들은 각오를 다졌다.

"이런 거 보고 그냥 넘어가면 사내새끼가 아니지. 우리

역량을 여기다가 다 쏟아붓는다. 우리도 전례 없는 그런 거 한번 만들어보자."

영상을 보고 나면 뜨거워지지 않을 수가 없었다. 정말 자신이 가지고 있는 모든 것을 올인 하게 만드는 그런 영상이었다.

*   *   *

중국에 방문한 주혁은 깜짝 놀랐다. 어렵게 일정을 조정해서 시간을 낼 수 있었는데, 도착하니 엄청난 인파가 몰려 있었다. 공항이 마비가 될 지경이었는데, 이런 상황을 생각지도 못한 주혁은 다소 당황스러웠다.

"만 명이 넘을지도 모른다고 하던데?"

"정말 어마어마하네요."

주혁과 기재원 대표는 밖에 구름같이 몰려 있는 팬들을 보면서 감탄을 내뱉었다. 정말 구름 같다는 표현이 정확했다. 말이 만 명이지 어디 흔하게 볼 수 있는 숫자이던가. 그런 인원이 공항에 몰려와 있으니 정말 장관이었다.

둘은 아직 공항 밖으로 나가지 못하고 잠시 대기 중이었는데, 너무나도 많은 인파가 몰려서 혹시라도 무슨 일이라도 벌어질까 우려해서였다. 공항 측은 부랴부랴 대비책을 마련했고, 그 시간 동안 둘은 담소를 나누었다.

드디어 안전사고에 대비해서 1,000여 명의 보안요원이 투입되고 난 후에야 주혁은 공항에서 나올 수 있었다. 강주혁을 향한 현지 팬의 이런 뜨거운 관심은 공항 관계자는 물론, 언론까지도 놀라게 했다.

취재 나온 기자들은 주혁의 모습도 모습이지만, 이곳에 몰려든 엄청난 인파를 사진에 담으려고 애썼다. 인터뷰를 하는 장면도 쉽게 볼 수 있었다. 그리고 주혁이 모습을 드러내는 순간, 공항이 떠나갈 것 같은 환호성이 터졌다.

귀가 먹먹해질 정도였는데, 주혁은 가볍게 웃으면서 환호에 답했다. 하지만 재빨리 준비된 차량에 몸을 실어야 했다. 보안 요원이 재촉하기도 했지만, 사람들이 점점 몰려들어서 자칫하다가는 사고가 날 수도 있겠다는 생각에서였다.

"이거 겁이 날 정돈데요?"

"저도 이런 건 처음 봅니다. 국내 스타들이 온 경우도 많았는데, 이 정도는 아니었습니다."

주혁을 마중 나온 방송국 관계자가 땀을 닦으면서 대답했다. 주혁은 호텔에 들러서 잠깐 휴식을 취한 다음, 바로 방송국으로 향할 예정이었다. 예능 프로그램의 촬영을 위해서였다. 그리고 내일은 펑리위안 여사와 잠시 이야기를 나누기로 되어 있었다.

중간중간 중국 연예계 관계자들과의 만남이 있기는 했지만, 그건 아주 잠깐씩이었다. 하지만 그 시간이라도 얻어서 주혁을 만나려고 여기저기서 줄을 댄 사람의 수가 어마어마했다. 대부분 CF나 출연 관련 섭외를 위한 거였는데, 거의 다 거절할 생각이었다.

일단 작품을 마무리하고 그다음에 본격적으로 해도 늦지 않는다는 생각에서였다. 그리고 자신의 목표는 아시아가 아닌 만큼 세계 무대로 가야 하니 일정이 어떻게 될지 확신할 수 없었다. 가능하면 추노 끝나고 할리우드로 바로 진출하고 싶은 생각도 있었다.

팬들은 호텔 앞에도 진을 치고 있었다. 주혁은 도착한 사실을 알리지 않고 주차장에서 바로 객실로 이동해야 했다.

"참 몇 달 사이에 이렇게 바뀌다니. 정말 신기하네요. 저번에 와서 환대를 받았을 때도 정말 대단하다고 생각했는데, 지금에 비하면 애들 장난인데요?"

주혁의 말에 기재원 대표도 고개를 끄덕였다. 그때도 엄청난 관중이 환호했다. 기 대표도 그 당시 기억이 아직도 새로웠다. 하지만 지금 팬들이 보이는 반응에 비하면 그때의 반응은 아주 미미한 거나 마찬가지였다. 정말 지금은 난리도 이런 난리가 없었다.

"벌써 부르는 금액이 달라졌다니까."

기재원 대표의 목소리가 살짝 커졌다. 자신이 생각했던 것보다도 주혁의 위상은 높았다. 중국에서는 지금 주혁을 세계적인 스타와 동급으로 쳐 주고 있었다. 그래서 CF 제의가 들어오는 게 금액이 20억 원까지 치솟았다. 20억 원이면 정말 대단한 금액이었다.

중국의 경우는 2년을 기준으로 하므로 1년에 10억 원 정도였는데, 그 정도면 중국에서도 톱스타만이 받을 수 있는 금액이었다. 그런데 그런 금액을 아주 당연하다는 듯이 부르고 있었다.

"게다가 예능 프로그램이나 드라마에도 출연해 달라고 난리도 아니야. 무협 영화에도 출연만 하면 돈을 어마어마하게 주겠다는 곳도 있었어."

주혁의 액션 실력이야 전우치를 통해서 증명된 거나 마찬가지였다. 물론 주혁은 아직 제대로 된 걸 보여주지 못했다고 생각하고 있었지만, 지금까지 보여준 것만으로도 중국 방송 관계자들에게는 충분했다.

거기다가 언어가 문제가 되지도 않는다. 그러니 무협 영화나 드라마에 나오기만 한다면 돈을 쓸어 담을 수 있다고 생각하는 듯했다. 하지만 주혁은 지금 찍고 있는 추노에 집중할 생각이었다.

이 작품은 분명히 엄청난 반향을 몰고 올 것으로 생각했다. 내용도 좋았고, 캐릭터도 아주 훌륭했다. 무엇보다도 같이 연기하는 배우들이 정말 최고였다. 주혁은 자신이 찍은 드라마 중에서 이 작품이 최고일 것 같다고 생각했다.

"이번 한 번은 어쩔 수 없이 하지만, 작품 끝날 때까지는 전부 거절해야죠."

"다들 그거는 알고 있더라고. 그 이후 스케줄을 자기들한테 달라는 거야."

사실 주혁에게 일일이 이야기를 하지 않아서 그렇지, 기재원 대표는 엄청나게 시달리고 있었다. 단순히 만나서 이야기를 해보자는 곳은 부지기수였고, 시나리오와 함께 구체적인 금액까지 제시하는 곳도 제법 많았다.

무조건 최고의 대우였다. 숙소는 최고급 호텔이고, 이동하는 차량과 식사를 전담할 주방장까지 제공하겠다고 했다. 그리고 내용도 주혁이 원하면 손을 볼 수 있단다. 조금 심하다는 생각도 있었지만, 그만큼 주혁을 대단하게 생각하는 거였다.

아시아 최고의 스타. 아바타를 이긴 불세출의 배우. 미국과의 패권 다툼이 점차 심해져 가는 시기에, 주혁은 그들의 갈증을 채워줄 유일무이한 배우였다. 예전 홍콩 영화의 스타에게 열광하듯이 중국 사람들은 주혁에게 열광했다.

"그건 조금 천천히 생각해 보죠. 그것보다 오늘은 예능만 찍고, 여사님 만나는 건 내일 오전이죠?"

"예능 끝나고 방송 관계자들하고 만나는 자리가 몇 군데 있는데, 그냥 적당히 인사만 하면 되는 자리야."

중국에서 아예 활동을 하지 않을 생각이라면 모를까, 그 정도 서비스는 해주어야 했다. 주혁도 그런 것까지 이해하지 못할 사람은 아니었다. 주혁은 잠시 휴식을 취한 후, 방송국으로 향했다.

주혁은 중국의 대표 예능 프로그램 쾌락대본영에 출연해서 유창한 중국어 솜씨를 뽐냈다. 그리고 가벼운 연기와 액션을 선보여서 많은 박수를 받았다. MC들이 유쾌하고 자신감 넘치면서도 겸손한 주혁의 모습에 호감을 보였다.

"기대가 큽니다. 주혁 씨의 인기가 지금 하늘을 찌르고 있으니, 시청률도 우리가 생각하는 것 이상으로 나오리라 기대합니다."

녹화가 끝나고 MC 중 한 명이 주혁에게 이야기했다. 주혁도 환하게 웃으면서 그들과 대화를 나누었다. 그런데 이야기를 하는 도중에 방송국 관계자가 허겁지겁 달려오더니 그들에게 소식을 하나 전했다. 방금 방송된 쾌락대본영의 시청률에 대한 거였다.

"2.83%요? 그게 잘 나온 건가요?"

중국의 시청률에 대해 잘 모르는지라 감이 오지 않은 주혁은 사람들에게 물었다. 그리고 대답을 듣지 않았지만, 주변 사람들의 표정에서 굉장히 잘 나온 거라는 사실을 알 수 있었다.

"예고편이 나간 것에 불과한데도 이런 시청률이 나온 경우는 여태껏 본 적이 없습니다."

관계자는 목청을 높여 떠들어댔다. 그리고 주변에서도 맞장구를 쳤는데, 다들 무척 흥분한 듯했다. 그런데 이야기를 들어보니 그럴 만하다고 생각되었다. 오늘 방송된 분량 맨 끝에 주혁이 다음 주에 출연한다는 내용이 있었다.

그런데 그런 내용만 짧게 들어갔는데도, 기록적인 시청률이 나온 거였다. 2.83%면 역대 시청률 10위 안에 들어갈 수 있는 굉장히 수치였다. 그런데 그게 본편도 아니었다. 단지 예고편이 들어갔을 뿐이었다. 그렇다면 본편은 도대체 시청률이 얼마나 나온다는 말인가.

중국에서는 전국 시청률 1%면 성공한 프로그램이라고 한다. 하지만 이 자리에 있는 사람들은 정말 기록적인 시청률이 나올 수도 있다는 생각이 들었다. 정말 신기원을 이룩하는 사람이란 바로 이런 사람이구나 하는 생각이 들었다.

아마도 본편이 방송되고 나면 주혁의 가치는 훨씬 더 상승하리라고 관계자는 생각했다. 만약에 엄청난 시청률이 나온다면, 정말 주혁은 자국의 어떤 스타보다도 더 큰 인기를 누리고 있다는 게 증명되는 것이다.

그렇게 되면 지금도 높아질 대로 높아진 출연료가 더 치솟을 수 있다는 걸 뜻한다. 아마 그렇다고 하더라도 주혁에게 아낌없이 돈을 쓰려 할 것이다. 그만큼 가치가 있는 배우이기 때문이었다.

호텔로 돌아온 주혁은 기재원 대표의 푸념을 또 들어야 했다. 그사이에도 엄청나게 연락이 왔다는 거였다. 오늘 방송한 쾌락대본영의 시청률 소식이 알려지면서 주혁의 몸값은 이제 성룡을 능가한다고 했다.

"정말 자네가 마음만 먹으면 중국에서 한 해에 수백억 원도 우습게 벌 수 있겠어. 지금 같으면 불가능하지도 않지. 암, 그렇고말고."

"돈이 전부는 아니잖아요."

잘 안다. 지금까지 주혁을 보아온 기재원 대표는 그런 점이 대견하기도 하면서 조금은 아쉽기도 했다. 하지만 돈에 흔들리지 않았기 때문에, 지금처럼 인기 있는 배우가 될 수 있었다고 생각했다.

사실 돈 싫은 사람이 어디 있겠는가. 하지만 돈맛을 알기 시작하면 사람이 변한다. 배우도 잘나가다가 돈맛을 알고는 망가져 버린 경우를 본 적이 있었다. 그런 점에서 주혁은 참 대단하다고 생각했다.

사실 주혁이야 돈은 그다지 중요하지 않았다. 필요하다고 말만 하면 알아서 가져다주는 사람이 있었으니까. 그러니 다른 것에는 일절 관심을 두지 않고 작품에만 몰두할 수 있는 거였다.

*　　　*　　　*

"이거 꼼짝없이 내년에도 중국에 오게 생겼네요."

"그래도 나는 괜찮은 것 같은데? 그 프로그램이 아무나 나올 수 있는 그런 프로그램이 아니라고 하더라고."

펑리위안과의 만남은 아주 훈훈하게 진행되었는데, 느닷없이 방송 출연을 제안했다. 춘완이라는 프로그램이었는데, 매년 춘절 전날 저녁에 하는 특집 프로그램이었다. 주혁은 난처한 표정을 지었는데, 펑리위안은 부드럽게 웃으면서 간단히 설명을 해주었다.

우리나라로 치면 설 전날 하는 특집 프로그램이었는데, 중국 정부에서 무척 신경 쓰는 국가 행사와 같은 프로그램이었다. 주혁은 이야기를 나누다가 자신이 생각했던 것보다 훨씬 대단한 프로그램이라는 걸 알 수 있었다.

그리고 사실 펑리위안이 부탁을 하면 어지간하면 거절하

기 어려웠다. 그래서 긍정적으로 검토하겠다고 대답했다. 기재원 대표가 소식을 듣고는 여러 방면으로 알아본 건 당연한 순서였다.

그리고 시간을 내는 편이 좋다고 결론지었다. 프로그램 자체도 일반 예능 프로그램이 아니었다. 춘완은 매년 전국 시청률이 30% 이상 나오는 엄청난 프로그램이었다.

"그런데 왜 굳이 자네를 출연시키려고 하는 걸까?"

"짐작이 가긴 하네요. 맞는 건지는 잘 모르겠지만요."

"뭔데?"

기재원 대표는 궁금하다는 듯 비행기 좌석에서 몸을 주혁 쪽으로 돌렸다. 주혁은 조용히 자신이 생각한 바를 이야기했다.

"지금 중국은 미국을 넘어서려고 하고 있거든요. 그동안 무너졌던 자존심을 세우고 싶어 하죠."

"그런데?"

"한국에서는 전우치가 아바타를 이겼잖아요."

"그거야 전 세계적으로도 화제가 되었지. 유일하게 1위를 하지 못한 곳이 한국이라고."

주혁은 그런 상징성 때문에 자신을 부른 것 같다고 이야기했다.

"동양도 서양을 이길 수 있다. 뭐 이런 걸 상징적으로 강조하려는 거 아닌가 싶어요. 국민들에게 우리도 미국을 넘어설 수 있다. 이런 생각을 심어주고 싶은 거겠죠."

"흐음, 그럴 수도 있겠네."

"그냥 제 생각이에요."

주혁의 생각은 상당 부분 정확했다. 그런 의도도 분명히 있었다. 그런 밑바탕이 깔려 있지 않았다면, 주혁에게 출연을 제안하지 않았을지도 모른다. 하지만 더 중요한 것은 주혁의 인기가 상상을 초월할 정도라는 거였다.

완벽한 배우. 잘생기고 몸도 좋다. 연기, 끝내준다. 액션, 죽여준다. 거기다가 겸손하고 다정다감하다. 주혁은 잘 몰랐지만, 주혁이 청룡영화상 시상식 때 챙겨준 사람들이 중국에 돌아와서 엄청난 활약을 했다.

더할 수 없는 감동을 받은 팬들은 광신도처럼 주혁 알리기에 나섰다. 주혁이 그동안 해온 작품과 그 작품 속에서 어떻게 성장했는지를 일목요연하게 알아볼 수 있도록 정리해서 온갖 곳에 다 올리면서 돌아다녔다.

완벽한 배우 아닌가. 다양한 역할을 소화했다. 어찌 보면 전혀 다른 사람이라고 느껴질 정도였다. 그렇다고 개성이나 색깔이 약했느냐. 전혀 아니었다. 맡은 배역 하나하나가 정말 매력 있고 생동감 있는 캐릭터였다.

외모, 실력, 인성. 모든 것을 갖춘 배우. 그래서 중국에서는 주혁이 나왔던 작품들의 다운로드가 급증하고 있었다. 그리고 작품을 본 사람들은 대부분 주혁의 매력에 빠져들었다.

그래서 전우치가 나오기 전에도 인기가 상당했고, 열풍이 불기 시작하는 타이밍이었다. 그런데 그 순간에 전우치와 아바타가 딱 붙은 거였다. 그리고 전우치의 승리. 그게 기폭제가 되어서 인기가 폭발한 거였다.

유독 일본과 중국, 특히 중국에서 주혁의 인기가 하늘 높은 줄 모르고 치솟고 있는 건 바로 그런 이유가 있었던 거였다.

"그나저나 잠깐 쉬었는데도 촬영장 생각이 많이 나네요."

"그래? 배우는 어쩔 수가 없는가 보네."

"그것도 그렇지만 이번 작품은 정말 마음에 들거든요. 뭐 이전 작품들도 좋았지만, 추노는 뭐랄까. 정말 한 획을 그을 수 있는 그런 작품이 될 것 같아요."

주혁은 전우치가 새로운 지평을 연 것처럼 추노도 신기원을 여는 작품이 될 거로 생각했다.

주혁은 눈을 감자 넝마 같은 옷을 입고 촬영장에서 땀을 흘리면서 뛰어다니는 모습이 떠올랐다.

주변에는 추레한 복장과 지저분한 분장을 한 사람들이

모여 있었지만, 거기서 풍기는 기운은 살갗에 소름을 돋게 할 정도로 대단했다.

　주혁은 슬며시 미소 지었다. 도착하자마자 촬영장으로 바로 달려가는 상상을 하면서.

CHAPTER **43**

시너지

윌리엄 바사드가 상자 하나를 더 가지고 한국에 들어왔다. 그는 무척이나 공손한 태도로 주혁을 대했고, 주혁은 당연하게 받아들였다. 윌리엄 바사드는 돌아가기 전에 바사드 투자회사에 들러 심복들에게 주혁을 각별하게 살피라는 지시를 내렸다.

윌리엄 바사드는 최근 굉장히 공격적인 자세를 취했는데, 그것이 모두 주혁을 믿고 벌이는 일이었다. 만약의 경우가 생겨도 뒷배가 있으니 만회할 수 있다는 자신감이 있었다.

그 원천은 열두 개의 동전이었다.

동전이 어떤 역할을 한다는 건 윌리엄 바사드 자신이 가장 잘 안다. 그런데 그 동전이 새로 열두 개나 생겼다. 그만큼 주혁이 강한 힘을 갖게 되었다는 것이었고, 자신의 배후도 그만큼 단단해졌다는 걸 의미했다.

무엇이 두렵겠는가. 정 어려운 상황이 되면 동전 하나를 사용하면 되는 것을. 동전을 열두 개나 찾아다 주었으니 한두 개 정도는 자신을 위해서 사용해 달라고 부탁해도 무리는 없지 않겠는가.

그래서 상당히 공격적으로 투자하고 자금을 운용했다. 그리고 결과도 아주 좋았다. 그러자 조직 내에서도 반대파의 입지는 점점 약해졌고, 윌리엄 바사드의 위치는 더욱 공고해졌다. 이제는 반대파에 속해 있던 자들도 슬슬 포섭할 수 있었다.

예전에는 눈도 하나 꿈쩍하지 않았다. 어차피 잠시 대표의 위치에 있을 뿐, 결국은 나락으로 떨어지리라 생각했으니까. 어차피 위기 상황에서 로저 페이튼의 공격에 책임을 질 인간이 필요했다.

그래서 윌리엄 바사드라는 근본도 없는 인간이 대표의 자리에 오를 수 있었던 거였다.

그런데 이게 웬일인가. 로저 페이튼 회장과의 일전에서

대승을 거두더니 승승장구하고 있었다. 그리고 이제는 세력을 확고하게 다지고 있었다.

그러니 이제는 생각을 달리할 때였다. 윌리엄 바사드와 계속 척을 지느니 긴밀한 협력 관계를 갖는 편이 더 유리하다고 판단하는 사람들이 생겨났다.

윌리엄은 그동안 조사한 내용을 바탕으로 믿을 만한 자들만 추려서 받아들였다.

그러니 주혁에 대해서 더욱더 극진할 수밖에 없었다.

만약 주혁이 사라지기라도 한다면? 정말 미쳐 버릴 것 같았다. 그리고 불안해서 잠도 제대로 잘 수 없을 듯했다. 그래서 만약에 누군가가 주혁을 건드릴 것 같으면 수단과 방법을 가리지 말고 제거하라고 명해두었다.

그리고 필요할 때 사용할 수 있는 자금도 더 보충했다. 그리고 그 금액이 모자라면 바로 연락하라고 이야기했다. 윌리엄 바사드로서는 당연한 일이었다. 그가 잘되려면 주혁이 존재해야 했으니까.

그리고 그가 그 이야기를 하고 있는 시각, 주혁은 집에서 상자 두 개를 열고는 흐뭇한 표정으로 바라보고 있었다. 동전이 열두 개. 정말 세상을 다 가진 기분이었다.

"이거 평생 다 사용하지 못할 수도 있을 것 같은데? 윌리엄이 필요하다고 하면 한 서너 개는 써도 되겠어. 리먼 사태와 같이 한 10년에 한 번 정도는 중요한 시기가 오니까."

이제 자신의 신변에 특별한 문제가 생기지 않는 이상에는 특별히 사용할 일이 있을까 하는 생각도 들었다. 요즘은 상자의 기운을 받아서인지 육체적으로도 상당한 수준에 올랐고, 감각도 아주 발달되었다.

"다른 상자의 주인만 조심하면……."

주혁은 유일한 우환거리인 다른 상자의 주인에 대해서 빨리 알고 싶었다. 하지만 상자는 시기가 거의 됐다는 말만 했다. 어처구니없는 생각이었지만, 주혁은 게임같이 몇 %가 남았는지 알 수 있었으면 좋겠다고 생각했다.

*   *   *

PD는 편집하면서 다시 한 번 놀라고 있었다. 이런 건 어디 가서 말도 하지 못한다. 어떻게 자신이 연출한 영상을 보고 뻑이 갔다고 말을 할 수가 있겠는가. 하지만 실제로 그랬다. 일을 하다 말고 영상에 빠져들었다.

그리고 직감할 수 있었다. 이 드라마는 반드시 성공할 거라는 사실을. 아직 제대로 된 편집도 아니었다. 그런데도 드라마 속으로 쑥 빨려드는 느낌이 들었다. 내용을 알고 직접 연출한 사람이 이 정도인데, 모르는 사람이라면 어떨 것인가.

게다가 여기에 각종 효과와 음악이 깔린다면? 물어보나 마나 한 이야기이다. 지금보다 훨씬 흡입력 있고 몰입도 강한 영상이 될 것이다. PD의 손이 잘게 떨렸다. 자신의 손으로 엄청난 작품을 탄생시키고 있다는 감격에 겨워서 그랬다.

하지만 드라마에 쓰일 음악을 들으러 갔을 때 그보다 더큰 감동을 느끼리라고는 미처 생각하지 못했었다. PD는 음악이 완성되었다는 말을 듣고는 주혁을 비롯한 몇 사람과같이 들으러 갔다.

"멋진데요?"

훌륭했다. 음악감독의 작품을 듣고 있으니 추노의 촬영장면이 떠올랐다. 컨셉에 따라서 웅장한 분위기, 애절한 분위기, 비장한 분위기 등이 잘 표현되어 있었다. 전통 악기를 많이 사용했는데, 추노의 분위기와 아주 잘 어울렸다.

"이게 다 훌륭한 영상 덕분이라니까. 영상을 보면서 작업을 하니까 정말 곡이 척척 알아서 나오더라고. 다른 작업자들도 다들 그래. 영상이 죽인다고. 그래서 작업에 도움을받았다고."

음악감독은 좋은 영상 덕분에 좋은 작품이 나온 것 같다며 겸손하게 말했다. 그러면서 다른 테마도 틀었다. 그런데 음악을 들을수록 사람들의 표정이 조금씩 변하기 시작했다. 이게 갈수록 분위기가 장난이 아니었던 것이다.

"이거… 정말 좋은데요?"

겉치레로 하는 인사가 아니었다. 음악이 가슴속 깊이 들어와서는 감정을 마구 헤집고 나간 것 같은 기분이었다.

음악감독은 그럴 줄 알았다는 듯이 이야기했다.

"애절하죠? 일반인은 잘 모르는데, 이거 노래한 사람이 실력 있는 재즈 보컬리스트예요."

"굉장하네요. 노래가 가슴에 착 달라붙어서 막 흔들고 꼬집고 하는 것 같아요. 그리고 해금 소리도… 하아."

주혁은 정말 감동했다. 평소에 음악도 연기와 마찬가지라고 생각하고 있었다. 자신의 감정을 상대방에게 전달하는 건 마찬가지니까. 그리고 오늘 명배우의 연기를 본 것 같은 느낌을 받았다.

어떤 가수인지 이야기를 나누고 싶었지만, 오늘은 이 자리에 참석하지 못했다. 오프닝 테마를 만든 팀만 와 있었다. 주혁은 사람들이 왜 가수와 사랑에 빠지는지를 확연하게 느꼈다. 이런 음색과 감성을 가진 사람에게 어떻게 빠지지 않을 수 있겠는가.

물론 그런 순간적인 감정에 인생을 허비할 주혁은 아니었다. 하지만 만약 눈앞에서 그 가수가 노래를 부르는 모습을 봤다면 당장에 깊이 빠져들었을 것 같았다. 그만큼 노래가 흡입력이 있었다.

하지만 감동은 이제 시작이었다. 그다음 곡은 전 곡과는 전혀 다른 방식으로 충격을 주었다.

북소리와 꽹과리 소리로 시작하는 도입부는 좋았다. 그런데 모두 깜짝 놀랐다. 갑자기 랩이 튀어나왔기 때문이었다. 사극에 랩이? 그런데 듣고 있자니 묘하게 어울렸다. 주혁은 음악을 들으니 노비들이 봉기하는 장면이 바로 떠올랐다.

비장한 표정으로 일어서는 비루한 복장의 민초들. 변변치 않은 무기를 가지고도 일말의 희망을 위해서 분연하게 일어선 가장 낮은 자들의 모습이 떠올랐다. 북소리는 심장을 마구 두들겼고, 꽹과리 소리는 팔다리를 들썩이게 만들었다.

주혁은 기가 막혔다. 음악이 연기보다 대단한 게 아닌가 싶은 생각도 순간적으로 들었다. 그만큼 지금 들은 음악들은 대단했다. 사람들은 기가 막히는 곡이라고 이야기했고, 주혁도 마찬가지 생각이었다. 주혁은 옆에 있는 음악감독에게 슬쩍 말을 걸었다.

"랩도 참 매력적이네요. 사극에 랩이 어울릴 것이라고는 생각지도 못했는데 그동안 너무 고정관념에 얽매여 있었나

봐요."

"형식에 구애받을 이유는 없죠. 문제는 사람들에게 어떤 감정을 던져 줄 수 있느냐 아니겠어요?"

주혁은 오늘 함께 오기를 참 잘했다는 생각이 들었다. 오늘 정말 배우는 바가 컸다. 음악감독의 말처럼 형식에 구애받을 건 없는 것이다. 그러면서 자신의 연기도 혹시 고정관념에 얽매여 있지는 않은지 돌아보게 되었다.

하지만 그런 생각에 정신을 팔 새가 없었다. 바로 엔딩 곡을 들어야 해서였다. 엔딩 곡은 사람의 가슴을 후벼 파는 것 같은 곡이었다. 워낙 독특하고 매력적인 음색이라서 주혁도 익히 알고 있는 가수였다.

"곡들이 하나같이 명곡인데? 이거 이 정도면 정말 역대급 OST 아닌가?"

"다들 감정을 주체하기 어려웠다고들 해요. 그만큼 영상미가 좋았다는 거죠. 배우들 연기도 저는 최고라고 생각합니다. 제가 참여한 작품이어서가 아니라, 제가 본 드라마 중에서 최고인 것 같아요."

음악감독은 진지한 표정으로 이야기했다. 그리고 실제로도 그렇게 생각하고 있었다. 영상을 보면서 이렇게 감동받은 적이 또 있나 싶었었다. 이런 작품의 음악을 하게 된 것이 자랑스럽다고 생각되었다.

그래서 정말 자신의 능력을 쥐어짜 내서 작품을 만들었다. 이런 영상에 부끄럽지 않은 그런 음악을 만들기 위해서. 영상이 워낙 훌륭하다 보니 거기에 맞추기가 쉽지 않았지만, 어느 정도 만족스러운 결과물을 내놓을 수 있었다.

그건 자신뿐만이 아니라 이 프로젝트에 참여한 모든 아티스트가 그랬다. 음악가도 엄청나게 감성적인 사람들이다. 그러니 그런 영상을 보고 가슴이 움직이지 않을 수가 있겠는가. 그래서 정말 좋은 작품들이 나왔다.

음악은 정말 훌륭했다. 사람들은 폭풍같이 휘몰아친 감동에서 아직 헤어 나오지 못하고 있었다. 정말 대단한 곡들이었다. 하지만 아직 끝나지 않았다. 마지막으로 오프닝 곡이 남아 있었다.

음악감독은 곡을 틀 준비했는데, 오프닝을 담당한 팀은 바짝 긴장했다. 지금까지 다른 곡의 평이 너무 좋았기 때문이었다. 자신들의 곡도 자신 있었지만, 그래도 사람들의 반응이 어떨지 불안했다.

팀 멤버들은 손을 꽉 잡았다. 작업이 잘 풀리지 않을 때는 영상을 끝없이 돌려보면서 영감을 받아서 만든 곡이었다. 그리고 화면에서만 보았던 주인공이 옆에 있으니 신기하다는 생각도 들었다.

곡을 만들다 보니 자신들만으로는 도저히 표현을 할 수

없어서 여러 팀을 더 불러들여서 작업을 해야 했다. 그리고 지금 그 결과물이 공개되려 하고 있었다.

사람들은 처음에는 고개를 갸웃거렸다. 알 수 없는 말이 흘러나왔으니까. 다만 주혁만이 표정이 잠깐 바뀌었을 뿐이었다. 잔잔하게 시작되었던 곡은 금방 요동쳤다. 그리고 무어라 정의할 수 없는 사운드가 흘러나왔다.

마치 록밴드와 오케스트라가 협연하는데, 거기에 보컬과 합창단이 노래하는 것 같은 느낌이라고나 할까. 생전 처음 듣는 그런 곡이었다. 보컬과 기타는 거칠면서 비장했고, 오케스트라와 합창단은 웅장하면서도 장엄했다.

만약 한국어로 된 가사가 없었다면, 외국의 영화에 사용된 웅장한 음악이라고 생각했을 법했다. 음악을 들은 사람들은 모두 멍한 표정이 되었다. 얼이 빠진 사람처럼 정신을 차리지 못했다.

"저기, 다시 한 번 들어볼 수 있을까?"

PD가 미간을 찡그리면서 이야기했다. 무언가 영감이 떠오르려고 할 때 그가 자주 하는 버릇이었다. 음악감독은 음악을 다시 틀었다. 확실히 힘이 있고 신비로운 음악이었다.

음악을 만든 팀은 사람들의 반응을 살폈다. 사람들은 무슨 뜻인지도 모르면서 알 수 없는 말을 중얼거렸다. 묘하게 중독성이 있는 곡이었다. 마치 주문을 거는 것 같은 느낌마

저 들었다. 그 모습을 본 팀 멤버들은 조용히 미소 지었다.

사람들이 특별한 말을 하지 않는다는 건 딱 두 가지다. 아주 별로이거나, 아니면 너무 괜찮아서 말이 나오지 않거나. 그런데 지금 사람들의 반응을 보니 아주 별로인 건 아닌 듯했다.

PD는 머릿속에서 오프닝을 어떻게 가져가야 할지 생각하고 있었다. 갑자기 영감이 떠올랐던 것이다. 전우치에서 본 장면이 떠올랐다. 수묵화의 느낌. 붓으로 휘갈긴 것 같은 거친 느낌과 간단한 음영으로 표현된 그 비장함.

"이 곡도 엄청나게 파격적인데요?"

이 곡도 깜짝 놀랄 만한 곡이었다. 드라마에 사용되는 곡, 그것도 사극에 사용될 곡이라고는 생각할 수 없는 그런 곡이었다. 그런데 신기한 건 곡을 듣고 있으니까 추노가 떠올랐다. 그가 음악감독과 대화를 하는 사이에 이 곡을 만든 팀이 슬그머니 옆으로 왔다.

"저기, 주혁 씨."

"아, 맞다. 내가 인사를 시킨다고 하고는 잊어먹고 있었네."

음악감독은 사람들에게 오프닝을 만든 팀을 소개했다. 멤버들의 나이대가 주혁과 비슷해서 그들은 한쪽 구석에 모여서 이야기를 나누게 되었다.

　　　　　*　　　　*　　　　*

"뭘요, 곡을 잘 만드신 거죠."

멤버들은 영상을 보면서, 특히 주혁이 나오는 장면을 보면서 작업을 했다고 이야기했다. 그 덕분에 좋은 곡이 나올 수가 있었다는 말도 덧붙였다. 주혁은 공연한 말 하지 말라고 했지만, 멤버들은 손사래를 쳤다.

"곡을 만들 때, 영감이 아주 중요하거든요."

예술을 하는 사람들에게 영감이 얼마나 중요한지야 주혁도 잘 안다. 분야는 조금 다르지만 같은 예술을 하는 사람이 아닌가. 상대 배우가 영감을 주면 어떤 연기가 나오는지 잘 아는 그로서는 저들이 무슨 말을 하는지 이해가 되었다.

하지만 번득이는 착상도 실력이 받쳐 줄 때의 이야기다. 그런 작품을 만들어낼 수 있는 실력이 없었다면 아무리 영감이 떠오른다 하더라도 무슨 소용이 있었겠는가. 주혁은 정말 숨은 실력자들이 많구나 하는 생각을 했다.

그리고 오히려 이들에게 감사했다. 음악을 들으니 오히려 좋은 생각이 계속해서 떠올랐다. 워낙 좋은 곡이라서 분명히 연기를 하는 데 도움이 될 것 같았다. 주혁은 음악을 들으면서 떠오른 생각을 정리했다.

그사이 PD와 음악감독이 다가와서 이야기를 나누었다.

"저기, 그런데 중간에 들어간 가사가 뭐죠? 굉장히 낯설게 들리던데……."

"그거요, 그건 말이죠……."

멤버들은 아주 즐거운 표정으로 웃었다. 그들이 회심의 카드로 준비한 것이기 때문이었다.

"아, 그 라틴어."

멤버들의 고개가 파바박 하고 돌아갔다. 녹음을 하고 들려준 사람 중에 그게 라틴어라는 사실을 아는 사람은 한 명도 없었다. 솔직한 이야기로 그게 라틴어라는 사실을 아는 게 더 이상하지 않은가.

PD를 비롯한 다른 사람들도 무척이나 신기한 듯 주혁을 쳐다보았다. 라틴어는 대부분의 사람들에게 외계어나 마찬가지였으니까.

"아니, 주혁 씨. 그걸 어떻게 알았어요?"

멤버 중 한 명이 희한하다는 표정으로 주혁에게 물었다.

"아, 제가 좋아하는 말이 있는데, 가사 중에 들리더라고요."

주혁이 좋아한 말은 스페로 스페라. 살아 있는 한 희망은 있다는 뜻으로 알려져 있는 명언이었다. 원뜻은 조금 다르다고는 하는데, 주혁은 알려진 뜻을 더 좋아했다. 그런 이

야기를 하자 사람들은 뭐 이런 사람이 있나 하는 표정으로
주혁을 쳐다보았다.

지금까지 주혁이 보여준 것만 해도 세상에 존재할 것 같
지 않은 사람이었다. 학벌과 외모만 해도 굉장했다. 게다가
주혁의 몸을 본 사람들은 안다. 보기만 해도 탄성이 나오는
조각 같은 몸.

추노를 촬영하면서 여자 스태프들은 아주 신이 났다. 대
길, 최 장군, 송태하. 세 명의 몸은 남자인 자신들이 보아도
'이야~' 하는 감탄사가 나왔다. 그러니 여자 스태프들은
오죽하겠는가.

여기까지만 해도 주혁은 사기 캐릭터였다. 그런데 연기
면 연기, 액션이면 액션. 무엇 하나 못하는 게 없었다. 게다
가 만능 스포츠맨이고. 거기다가 라틴어 명언을 좋아해서
외우고 다닌다고? 이건 불공평해도 너무 불공평한 거였다.

"워낙 인상 깊은 말이어서요."

주혁은 키케로의 명언이라는 것까지 정확하게 알고 있었
다.

"사기 캐릭터네, 사기 캐릭터."

녹음실에 온 사람 중에는 라틴어가 아니냐고 물어본 사
람이 딱 한 명 있었다. 그것도 그냥 발음이 라틴어 같다고
해서 물어본 거였다. 가사 대부분이 키케로의 명언에서 따

오긴 했는데, 그걸 안 사람은 한 사람도 없었다.

솔직하게 키케로가 누군지도 모르는 사람이 대부분 아니겠는가. 아니, 이름 정도는 들어봤다고 하더라도 그의 라틴어 명언을 아는 사람이 몇이나 되겠는가. 그러니 기가 찼다.

"치타의 스피드로 코끼리의 파워를 내는 기린만 한 사자구만."

누군가가 농담을 했는데, 사람들은 별로 웃지 않았다. 진짜 적절한 비유라는 생각이 들어서였다. 주혁은 멋쩍은 표정으로 그냥 웃고만 있었다. 사실 그 명언을 알게 된 건 아주 우연이었기 때문이었다.

주혁은 반복되는 하루 동안 연기 준비도 했지만, 연희대학교에 입학하기 위해서 공부를 했다. 유명 학원 강사에게서 개인 과외를 받던 중 이 말을 들었는데, 듣자마자 마음에 깊이 아로새겨졌다.

살아 있는 한 희망은 있다는 말. 정말 마음에 와 닿는 말이 아닐 수 없었다. 그 당시에도 분명히 나중에 잘될 거라는 생각은 있었지만, 정말 힘들고 괴로운 시기였다. 끝없는 날이 반복되는 중이었으니까.

그런 날들을 버텨낼 수 있도록 도와준 것 중 하나가 바로 저 말이었다. 힘들고 외로울 때면 저 말을 되뇌면서 악착같이 버텼다. 지금 이 시간을 버틸 수 있다면, 분명히 좋은 날이 오리라 생각하면서.

"맞는 말이에요. 살아 있는 한 희망은 있는 거죠."

사실 죽으려고도 했었다. 배신을 당하고 전 재산을 탕진
했을 때 정말 죽고 싶었다. 하지만 살아 있었던 덕분에 기
회를 얻을 수 있었고, 지금의 주혁이 될 수 있었다.

"살아야죠. 그리고 기왕 사는 거 제대로 살아야죠."

*　　　*　　　*

추노는 처음부터 액션의 컨셉을 고속 촬영으로 잡고 있
었다. 정말 영화 같은 느낌의 액션 장면을 보여주려는 생각
에서였다.

그래서 카메라도 영화에서 사용되는 카메라를 사용했다.
지금까지 드라마와는 다른 영상미와 화질을 보여줄 것을
기대하면서. 그리고 PD는 자신의 선택이 탁월했음을 자신
의 눈으로 확인하고 있었다.

화질도 끝내줬고, 색감이나 영상도 마음에 쏙 들었다. 특
히나 심도를 조절해서 배경을 흐리게 하는 아웃포커스 효
과는 정말 탁월한 선택이었다.

집중하고 싶은 인물에만 초점이 맞춰지고, 배경은 흐릿
하게 처리하니 확실히 느낌이 달랐다. 확실히 그 인물에만

집중하게 하는 효과가 있었다. 아마 시청자들도 기존 드라마와는 다른 느낌을 받을 것으로 생각되었다.

"하지만 기계가 아무리 좋아도 담을 피사체가 좋지 않으면 소용없지."

PD는 배우들이 뿜어내는 에너지에 압도당해서 다른 건 눈에 보이지도 않았다. 굳이 아웃포커스 효과가 없더라도 사람들은 배우들에게 집중할 수밖에 없다고 생각되었다. 특히나 갈대밭에서의 장면은 압권이었다.

지금 떠올려도 두 주인공이 격돌하는 영상은 정말 아름다웠다. 아마도 저잣거리나 황량한 장소에서 대결이 이루어졌다면 이렇게까지 굉장한 영상이 나오지는 않았을 것이다.

갈대밭이 주는 아주 묘한 느낌. 바람에 사르륵 움직이고 바스락거리는 소리가 귀에 들리는 듯한 그런 장소가 주는 독특함이 장면을 잘 살렸다. 하지만 주연배우들이 없었더라면 과연 그런 장면이 나올 수 있었을까 싶었다.

어디까지나 카메라의 효과와 장소가 주는 느낌은 조미료에 불과했다. 대길과 송태하라는 극 중의 캐릭터가 첫 만남에서 빚어내는 묵직하면서도 강렬한 충돌은 촬영하던 사람들조차 침조차 삼키지 못하게 했었다.

"PD님, 이거 난리 나겠는데요?"

PD가 생각에 잠겨 있는데, 주혁이 다가와서 말을 걸었다. 주혁도 어제 편집본을 보았다. 자신이 지금까지 본 드라마 중에서 최고라고 단언할 수 있었다. 오프닝부터 엔딩까지 눈을 돌릴 틈이 없었다. 드라마가 아니라 한 편의 영화를 보는 것 같은 느낌이었다.

"내가 찍고 이런 말 하기 좀 그렇지만, 방송만 나가면 아마 난리가 날 거야."

PD는 천연덕스럽게 활짝 웃으면서 농담을 했다. 요즘 분위기가 워낙 좋아서 저절로 입가에 웃음이 달렸다.

"방송까지 아직 많이 남은 게 아쉽더라니까? 아, 참. 자네 결혼식은 어떻게 하기로 했어?"

"못 가죠. 지금은 촬영하기도 바쁜데요. 그리고 친분이 있는 것도 아니고."

2황자의 결혼식이 9월에 있었다. 황태자는 주혁도 초대했는데, 정중하게 거절할 수밖에 없었다. 황태자의 결혼식이야 양측과 모두 친분이 있으니 무슨 일이 있더라도 가야 했지만, 2황자야 그저 얼굴을 한두 번 본 것이 전부이니 가기도 뭐했다.

그리고 지금은 촬영 스케줄이 워낙 빡빡해서 시간을 빼기가 불가능했다. 전국을 돌아다니면서 촬영을 하는데, 주연배우인 주혁이 빠지면 몇 달 스케줄이 전부 꼬이는 것이다. PD는 다행이라며 가슴을 쓸어내렸다.

주혁은 이야기를 하면서 밖으로 나갔는데, 분위기가 다른 드라마를 찍을 때와는 사뭇 달랐다. 모두가 고민하고 노력하는 분위기라고 해야 할까? 웃음소리가 끊이지 않았지만, 사람들은 항상 진지하고 열심이었다.

업복이는 총 쏘는 연습을 하고 있었다. 주혁은 피식 웃었다. 그가 투덜거렸던 게 생각나서였다. 우리나라 남자라면 대부분 군대를 다녀왔다. 당연히 총도 쏴봤다. 그런데 주혁이 보기에도 이게 여간 어려운 게 아니었다.

"총 쏘는 거에 그런 어려움이 있을 거라고는 생각지도 못했어요."

"쉽지는 않겠지. 실제로 총을 쏘는 건 아닌데, 반동은 그럴듯하게 내줘야 하니까."

총을 쏘는 흉내를 내는 거야 뭐가 어렵겠는가. 문제는 총알이 나갈 때 반동을 인위적으로 만들어야 한다는 데 있었다. 실제로 총알이 나가는 건 아니니 배우가 알아서 반동을 느끼는 것처럼 연기해야 한다.

"내가 느낌 안 난다고 뭐라고 했더니 와서 직접 해보라잖아."

PD는 껄껄 웃었다. 하지만 이제는 완전히 몸에 익은 듯했다. 정말 사격을 하는 것처럼 자연스러웠다. 그뿐 아니었다. 황철웅은 무예 연습을 하고 있었고, 그의 부인도 뇌성

마비 연기를 연습하고 있었다.

조용한 것처럼 보이지만, 촬영장 곳곳에서 사람들이 배역을 소화하기 위해서 열중하고 있었다. 이러니 드라마가 잘되지 않을 수 있겠는가.

대본이 좋으니 배우들이 역할에 몰입하고 노력했다. 분위기가 그렇게 되니까 모든 사람이 자연스럽게 열중하게 되었다. 당연히 영상은 끝내주게 나왔다. 그걸 보고 음악을 만드는 사람들은 감탄하면서 영상에 어울리는 훌륭한 음악을 만들었다.

그리고 그 음악이 들어간 영상을 보니 배우들은 더욱 에너지가 샘솟았다. 이런 영상을 보고 가슴이 뛰지 않는 사람은 배우를 할 자격이 없을 것이다. 주혁은 자신도 결의를 다지면서 촬영장으로 향했다.

"충주로 가는데 대본은 왜 들고 가?"

촬영장이 웃음바다가 되었다. 왕손이가 대사를 치고 자리에서 일어서는데 깜빡 잊고 카메라에는 보이지 않게 펼쳐 놓고 있던 대본을 들고 일어선 것이다. PD의 재치 있는 말에 모두 한바탕 웃고 나니 쌓인 피로가 확 가시는 것 같았다.

그리고 바로 다음 촬영에서 오케이를 받아서 왕손이는 실수를 만회했다. 그리고 그다음 촬영이 주혁으로서는 무척 기대되는 촬영이었다.

"이제 소수서원으로 가는 거군요."

"그래, 빨리 이동하자고. 일정이 빡빡하니까."

주혁은 이동하면서 머릿속으로 장면을 그리고 있었다. 일대일 장면은 충분히 예상할 수 있는 장면이다. 송태하와 갈대밭에서의 대결도 상상한 것과 크게 다르지 않았다. 하지만 셋이 물고 물리는 대결은 정말 어찌 될지 궁금했다.

'둘이 대결하는데 내가 끼어들어서 칼을 내려치고.'

영상이 긴박하게 흘러갔다. 셋이서 서로를 노려보면서 서로를 죽이기 위해서 움직이는 장면. 상상만 해도 손에 땀이 배어 나왔다. 아군은 없다. 오로지 적만이 있을 뿐. 두 명은 나의 숨통을 노리고 있다. 나 역시 둘의 숨통을 노리고 있고.

'셋의 색깔이 달라서 더 재미있어. 대길, 송태하, 황철웅.'

사연 있는 추노꾼, 대의를 꿈꾸는 한때 조선 최고의 무장이었던 자. 출세를 위해서 암살자가 된 이인자. 만약에 비슷한 캐릭터끼리 대결을 했다면 셋의 대결이라 한들 이렇게까지 긴장감이 생기지는 않았을 것이다.

사연 있고, 개성 강한 캐릭터들이 한데 엉켜서 뒹구니 정말 그것만으로도 흥분이 되었다. 거기다가 PD의 연출도 아주 뛰어났다. 과연 이 기가 막힌 장면을 어떻게 영상으로

담아낼지 벌써부터 기대가 되었다.

[재미있겠는데?]

[한동안 말도 하지 않겠다더니 어쩐 일로 먼저 말을 다 걸고 그러셨나?]

[커흠, 커흠. 뭐 우리가 어디 보통 사이인가. 서로 다 돕고 이해하고 그러면서 사는 거지.]

주혁은 피식 웃었다. 그는 상자가 자신을 통해서 세상을 구경한다는 사실을 알았다. 상자 자신의 능력을 사용해도 되지만 그러면 에너지 소모가 큰 모양이었다. 그래서 가능하면 주혁의 감각을 통해서 구경하고 있었다.

그런데 감각이 발달한 주혁이 그 사실을 느끼고 그걸 차단하는 법을 알아냈다. 그러자 상자가 갑자기 저자세가 되었다. 그동안에는 아쉬울 것이 없으니 큰소리를 뻥뻥 쳤지만, 이제는 그러지 못하는 처지가 된 것이다.

[알았어. 차단하지 않을 테니까, 대신 필요한 정보는 바로바로 알려줘야 해.]

[이를 말인가, 친구. 나는 원래부터 그럴 생각이었다네, 친구.]

[그래? 그러면 일단 지금 내 수준에서 알 수 있는 정보를 모두 이야기하는 것부터 시작해 볼까?]

[모두? 꽤 많은데…….]

보아하니 한꺼번에 이야기를 해주기 싫은 눈치였다. 하지만 이제 아쉬운 건 자신이 아니다. 주혁은 느긋하게 차의 시트에 몸을 기댔다.

[시작해 봐. 도착하려면 아직 멀었으니까.]

*　　　*　　　*

추노는 모든 배우를 미치게 만드는 힘이 있었다. 누가 강요하지 않았는데도 모든 배우들이 작품에 푹 빠져 있었다. 작은 디테일 하나에도 신경을 썼고, 조금이라도 더 역할에 충실하려고 노력했다.

"야, 현주야. 이렇게까지 하는 건 아니지."

"이 정도가 뭐 어때서요. 선배님들은 훨씬 더한 것도 해요. 이빨 누렇게 하고 손발 지저분하게 하고 나오는 거 다 봤잖아요."

한현주는 매니저와 티격태격하고 있었다. 매니저는 여배우가 너무 망가진 모습을 보이면 좋지 않다고 말리고 있었고, 한현주는 자신만 깨끗하게 나와서 리얼리티를 떨어뜨릴 수는 없다며 강하게 맞섰다.

"현주야, 다시 생각해 봐. 여배우는 이미지가 중요하다고. 이렇게 거지꼴을 하고 그런 거 TV에 자꾸 나오고 그러면 좋을 거 없어. 아닌 말로 한현주 하면 지저분한 모습이 떠오른다면, 누가 화장품 CF 같은 걸 주겠냐?"

"제가 온몸에 오물을 덕지덕지 묻히는 것도 아니잖아요."

매니저는 물러설 생각을 하지 않았다. 작품을 위해서 노력하는 거, 정말 훌륭한 일이다. 하지만 아무리 호평을 받는다고 해도 그건 잠깐이다. 잠깐 좋은 소리 듣자고 CF 다 떨어져 나가는 꼴은 두고 볼 수 없었다.

그래서 당장 욕을 좀 듣더라도 이미지를 지키는 편이 좋다고 판단한 것이다. 아마도 여배우를 관리하는 사람이라면 모두 자신과 같은 생각을 하리라고 생각했다. 그리고 그것은 회사의 판단이기도 했다.

하지만 한현주는 그럴 수 없다면서 버텼다. 이건 연기자의 자존심 문제였다. 모두가 이렇게 미친 듯이 작품에 빠져들어가 있는데, 혼자만 다른 세상에 있는 것처럼 굴 수는 없었다.

"생각을 좀 해보라고요. 이렇게 하얀 옷을 입고 도망을 다니는데 어떻게 새로 빨래해서 다려 놓은 옷을 입은 것 같을 수가 있냐고요."

회사의 입장도 이해를 못 하는 건 아니었지만, 그래도 이건 아니었다. 하지만 매니저도 물러서지 않았다.

"그러니까 애초에 이 작품을 하지 말자고 했잖아. 회사 애기처럼 다른 작품을 했으면 얼마나 좋아. 이럴 문제도 없고."

처음부터 회사에서는 다른 작품을 권했었다. 그 작품은 이렇게 험한 장면도 없어서 그랬던 것이다. 예쁘고 좋은 이미지를 지키면서도 연기력도 보여줄 수 있는 작품이라고 생각해서 권했는데, 한현주가 기어코 이 작품을 하겠다고 해서 그러라고 한 거였다.

그런데 가장 예뻐 보여야 할 20대 여배우가 제대로 망가지고 싶다고 하니 소속사로서는 어처구니가 없었다. 그래서 절대 불가 방침을 고수했다. 그래서 예상치도 못하게 촬영이 조금 지연되었다.

결국은 PD까지 나서서 이야기를 나누었지만, 이런 문제는 PD도 어쩔 수가 없었다. 주혁은 이 소식을 듣고는 혀를 찼다. 양쪽 모두 이해는 되었다. 소속사도 배우의 의견을 존중하지만, 이런 문제에서 쉽게 물러서지 않을 것이다.

만약에 배우 의견대로 했다가 CF가 다 끊기면 어쩔 것인가. 거지꼴을 하고 다니는 게 인터넷에 화제라도 되는 날이면, 20대 여배우가 할 수 있는 어지간한 CF는 모두 끊어진다고 봐야 했다.

그러니 무슨 일이 있더라도 그것만은 막으려고 하는 것이다. 그리고 소속사에서 승낙을 해주지 않으면, 배우가 계속 고집을 부리기도 어려웠다. 주혁은 상황은 이해하지만,

조금 짜증이 난다는 투로 말했다.

"그래도 이런 문제로 이 많은 사람들 일정이 꼬이는 건 아닌데…….."

그런데 주혁의 말을 바사드 투자회사에서 나와 있던 직원이 들었다. 그는 슬그머니 구석으로 이동해서는 휴대폰을 꺼내 들었다.

그리고 PD는 일단 다른 장면부터 들어가는 것으로 방향을 바꾸었다. 아무래도 한현주와 회사와 상의를 할 시간이 필요하다고 생각되어서였다. 지금까지 일정보다 빠르게 진행이 되었으니 차질이 생기지는 않을 것이다.

현장에 있다 보면 별난 일이 다 있다. 뜻하지 않은 부상이나 날씨가 도와주지 않는 경우도 있고, 갑자기 배우가 사라지는 황당한 일도 있다. 그런 돌발 상황은 항상 있는 일이니 이런 일 정도는 대수롭지도 않은 일이다.

주혁은 예전에 추적자 찍을 때가 생각났다. 길목에서 촬영하고 있었는데, 굳이 꼭 그 길로 가야 한다고 해서 대놓은 차량을 모두 빼고 다시 찍었던 일이 있지 않았는가. 그 사람 때문에 다시 세팅하는 데만 두 시간이 걸렸었다.

돌아갈 수 있는 길도 있고, 차에 타고 있는 노모도 그냥 다른 길로 가자고 하는데 그 사람은 끝끝내 고집을 부렸었다. 반드시 그 길로 가야 한다면서. 무슨 이유에서인지는 모른다. 하지만 그런 일이 일어나는 곳이 현장이다.

"오빠 생각은 어때요?"

한현주는 답답한지 차에서 나와 주혁에게 다가왔다. 그러고는 옆에 앉더니 말을 툭 던졌다. 둘은 자주 이야기를 나눴다. 사실 그녀가 이 작품을 선택한 건 90% 이상이 주혁 때문이어서 먼저 친하게 지내자며 다가왔다.

그리고 지금 그 선택이 옳았다고 생각하고 있었다. 이렇게 좋은 작품에 배우로서 참가한다는 게 어디 쉬운 일이던가.

"나야 네 생각이 옳다고 보지."

"그렇죠?"

배우가 누구 편을 들겠는가. 당연히 배우 편이었다. 그리고 그녀의 생각이 옳다고 생각하기도 했고. 한현주의 표정이 눈에 띄게 밝아졌다. 하지만 이내 시무룩해졌다.

"그래도 걱정이긴 해요. 회사에서 끝까지 반대하면 어쩔 수 없거든요."

주혁도 그럴 거로 생각하고 있었다. 회사에서야 당연히 소속 여배우가 지저분하고 망가진 모습으로 나오는 게 싫을 것이다.

"오빠네 회사는 어때요? 거기는 정말 대우가 좋다면서요?"

"우리 회사라면 당연히 허락했을 거야. 기재원 대표라면 처음부터 이런 걸 반대하지도 않았겠지."

아토 엔터테인먼트는 당장 눈앞의 돈에 연연하지 않는다. 아마도 배우가 이런 결정을 했으면, 존중해 주었을 것이다. 하지만 미래를 생각하고 구성원의 문제를 자기 일처럼 헤아려 주는 아토 엔터테인먼트 같은 회사는 정말 찾아보기 어렵다.

"그래도 무조건 네 이야기만 하면 협상이 되질 않잖아."

"그건 그렇죠. 오빠, 무슨 좋은 생각이라도 있어요?"

"나도 좀 생각을 해봤는데 말이지……."

주혁이 이야기를 하자 한현주는 눈을 초롱초롱하게 뜨고는 주혁을 쳐다보았다. 주혁은 자신이 생각한 것에 관해서 이야기했다.

"과거 회상 장면은 아름답게 나와도 좋을 것 같아. 어차피 기억이라는 게 왜곡되기도 하잖아."

주혁은 과거 회상 장면에서 나오는 부분은 비록 노비라고 하더라도 아름답게 나올 수 있다고 이야기했다. 대길이라는 인물의 기억 속에 있는 그녀는 노비지만 아름답고 고운 그런 이미지로 남아 있을 수도 있으니까.

아니, 그렇게 기억하고 있다는 편이 더 설득력이 있었다. 그래서 지금까지도 그녀를 잊지 못하고 초상화를 들고 찾아 헤매는 거 아니겠는가.

"우와, 오빠 연출가 같은데? 그렇죠. 그러니까 대길이가

혜원이를 잊지 못하고 계속 찾는 거잖아요. 그럼 과거 장면
은 그렇다 치고 그다음은요?"

주혁은 피식 웃으면서 말을 이었다.

"그리고 나중에는 양반으로 나오니까 뭐 곱게 나와도 상
관없을 것 같고. 문제는 지금 도망 다니고 그럴 때잖아. 그
장면에서는 네가 생각한 것처럼 해야지."

"그러니까 몇 장면만 망가지고 나머지는 예쁘게 나올 테
니 그걸 가지고 회사를 설득해 보라는 거죠?"

"그렇지. 지금 좀 추레하게 나와야 나중에 예쁘게 나올
때가 더 빛날 거 아냐. 그런 거 가지고 설득을 하면 조금 나
을 거야."

한현주의 표정이 한층 밝아졌다. 잘만 하면 회사를 설득
할 수 있을 것 같아서였다.

"우와, 우리 오빠 천잰데?"

그녀는 주혁에게 놀랍다는 표정을 하면서 엄지를 치켜세
웠다. 이럴 때는 정말 개구쟁이 같아 보였다. 그녀는 다시
이야기하겠다며 매니저에게 쪼르륵 달려갔다.

*   *   *

결국, 한현주의 의견대로 일이 풀렸다. 그리고 회사도 처

음처럼 그렇게 강하게 반대하지 않았다. 바사드 투자회사가 움직인 덕이었다.

바사드 투자회사는 정관계에 아는 사람들이 좀 있었다. 사실은 바사드 투자회사의 실질적인 오너가 윌리엄 바사드라는 사실을 알고 먼저 접근해 온 사람들이 있었다. 정부의 최고위층 사람들이었는데, 바사드 투자회사는 그들과 적당한 친분 관계를 유지하고 있었다.

돈은 권력이다. 거대 자본을 움직이는 윌리엄 바사드. 전 세계 금융을 배후에서 움직이는 그와 어떻게든 연줄을 마련하려는 사람들이 어디 한둘이겠는가. 그래서 이번에 그들 중에서 적당한 자를 골라 슬쩍 만났다.

당사자는 바사드 투자회사의 대표가 만나러 오니 화색이 돌았다. 그런데 와서 하는 이야기는 쉽게 들을 이야기가 아니었다. 보통 이런 위치에 있는 사람들은 직접적인 이야기를 하지 않는다. 돌리고 돌려서 이야기한다.

그런데 바사드 투자회사의 대표는 아주 돌직구를 던졌다. 한현주의 소속사에 적당한 압력을 넣어달라고. 한현주라는 배우가 원하는 대로 되지 않으면, 그분께서 굉장히 언짢아하실 거라면서.

바사드 투자회사 대표의 방문을 받고 희희낙락하면서 찾아왔던 정부 인사는 사색이 되었다. 그 인사는 바로 윗선에 보고했다. 윌리엄 바사드가 한국의 배우에게 관심이 있으니 신경 써서 관리해야 할 것 같다고.

그리고 이런 사실이 외부로 알려지는 것도 극도로 유의해야 한다는 점도 덧붙였다. 그것도 대놓고 이야기를 했으니 그만큼 급박하고 중요한 일이라는 뜻이다. 그 정도는 이 바닥에서 굴러먹은 지 오래된 사람들이라 잘 알았다.

정부에서는 적당한 인물을 통해서 한현주의 소속사에 압력을 넣었다. 소속사 대표는 갑자기 찾아온 문화체육관광부 차관이 배우의 자세라든가 연기에 관해서 이야기하다가 추노 이야기를 꺼내자 대충 눈치를 깠다.

그 정도 눈치도 없이 어떻게 한 회사의 대표를 하겠는가. 누군지를 모르겠지만, 현주와 연관된 사람이 경고를 보내고 있는 거였다. 그것도 상당히 높은 자가 분명했다. 이렇게 차관이 직접 달려올 정도인 것을 보니.

어쩌겠는가. 권력과 척을 진다는 건 생각할 수도 없는 일이다. 그리고 현주가 타협안을 내밀었는데, 그 정도면 아쉽긴 해도 이해할 만한 정도는 된다고 보였다. 그래서 속 시원하게 그리하라고 대답해 주었다.

"그러니까 바사드 투자회사에서 움직였다는 건가요?"

"그렇습니다, 마스터. 무슨 문제가 있을 때는 어렵게 생각하지 마시고 바로 이야기하시기 바랍니다. 마스터의 문제는 저희가 처리해야 할 가장 우선적인 과제입니다."

주혁은 사실을 알고는 조금 어처구니가 없었지만, 일이 잘 풀려서 다행이라는 생각은 들었다. 하지만 이자들이 너무 과잉 충성을 하고 있다는 생각도 조금 들었다. 이대로 두었다가는 무슨 말썽을 부릴 수도 있다는 생각이 들었다.

도움을 주는 거야 언제든 환영이지만, 제멋대로 해석해서 움직이는 건 용납할 수 없었다. 아무래도 단단히 타일러 놓아야 할 것 같아서 주혁은 담당자를 불러 엄하게 경고했다.

"앞으로는 무슨 일을 처리하기 전에 반드시 나에게 먼저 보고하고 움직이도록."

주혁의 서늘한 눈빛을 마주한 직원은 잔뜩 움츠러들었다. 윌리엄 바사드로부터 누누이 들었다. 마스터의 심기를 절대로 건드리지 말라고. 만약 그런 자가 있다면, 자신의 손이 가만히 있지 않을 거라고.

왜 아니겠는가. 자신의 부와 권력의 원천은 주혁에게 있다. 그것뿐인가. 자신의 구명줄이나 마찬가지다. 어떤 위협이 있더라도 그걸 해결해 줄 수 있는 절대자. 그런데 그런 사람을 누가 건드린다? 그렇다면 반드시 후회란 것이 어떤 감정인지 알게 해줄 것이다. 그리고 윌리엄 바사드는 이런 자기 생각을 심복들에게 명확하게 주입했다.

"알겠습니다, 마스터. 앞으로는 그렇게 하겠습니다."

주혁은 담당자가 확실하게 알아들었음을 확인하고는 자리를 떠났다. 그리고 사람들이 있는 곳으로 걸어갔다.

"이야, 첫 회에 25% 넘은 드라마가 최근에 있었던가?"

"이건 시작이지. 사람들이 볼 수밖에 없다고. 나도 보다 보면 소름이 쫙쫙 돋는다니까."

사람들은 첫 회가 나간 후 쏟아지는 뜨거운 반응에 흥분해 있었다. 그도 그럴 것이 첫 회 시청률이 25%를 넘었던 것이다. 주혁의 효과가 조금 크긴 했지만, 만약 드라마 자체의 힘이 없었더라면 절대로 나올 수 없는 수치였다.

배우들의 몸이 가장 많이 언급되기는 했지만, 연기력이나 액션, 연출, 영상미. 무엇 하나 빠지지 않는 드라마라는 평이 압도적이었다. 게다가 음악도 사람들을 열광하게 만든 요소 중 하나였다.

게다가 명품 조연들도 화제였다. 업복이나 천지호는 대번에 사람들의 관심을 끌어모았다. 노비 글자가 얼굴에 새겨지면서 오열하는 업복이나, 누런 이빨에 거리 왈패 역할을 제대로 보여 준 천지호는 엄청난 호평을 받았다.

이지언도 굉장한 주목을 받았다. 목욕 장면에서 보여준 엄청난 몸은 사람들을 놀라게 했다. 커피 프린스에서도 상체를 보여준 적이 있었지만, 제대로 다듬어진 몸은 사람들을 매료시켰다

"사람들이 잘 몰라서 그렇지 지언이가 유명한 모델이라니까요."

"그래? 어쩐지 풍기는 기운이 남다르다 했어."

사람들은 아직도 이지언이 카리스마 넘치는 모델이라는 사실을 잘 모르는 듯했다. 커피 프린스 때문에 가벼운 인물로 생각하는 사람도 있었는데, 전혀 그렇지 않았다. 이번에는 제대로 무게를 잡고 나오니 사람이 달라 보였다.

게다가 188㎝의 훤칠한 키에 잘 다듬어진 몸은 주혁과 비교해도 크게 뒤지지 않았다. 키는 오히려 주혁보다도 커서 풍기는 분위기가 달랐다. 큼직하고 우람한 느낌을 주는 최 장군 역할에 아주 딱 맞았다.

다만 한 가지 흠이 있다면 여주인공에 대한 이야기였다. 무슨 노비가 저렇게 고울 수가 있느냐는 거였다. 하지만 그건 이미 다 예상했던 부분. 조금만 지나면 자연스럽게 해결될 문제였다.

『즐거운 인생』 8권에 계속…

내일을 향해 쏴라

김형석 장편 소설

FUSION FANTASTIC STORY

1만 시간의 법칙!
'성공은 1만 시간의 노력이 만든다'는 뜻이다.

그러나…
사회복지학과 복학생 수.
전공 실습으로 나간 호스피스 병동에서
미지와 조우하다.

1만 시간의 법칙?
아니, 1분의 법칙!

전무후무한 능력이 수에게 강림하다!
맨주먹 하나로 시작한 수의
인생역전이 시작된다!

Book Publishing CHUNGEORAM

유행이 아닌 자유추구 -
WWW.chungeoram.com

절정고수들이 하늘 높은 줄 모르고 질주하는 현 세상.
서른여덟 개의 세력이 서로를 견제하는 혼돈의 시대.

그 일촉즉발의 무림 속에
첫 발을 디딘 어린 소년.

"나는 네가 점창의 별이 되기를 원한다."

사부와의 약속을 지키고
난세로 빠져드는 천하를 구하기 위해
작은 손이 검을 들었다!

박선우 新무협 판타지 소설 FANTASTIC ORIENTAL HE

풍운사일

Book Publishing CHUNGEORAM

유행이 아닌 자유추구 -
WWW.chungeoram.com

The Record of Dragon's Return

재중 귀환록

푸른 하늘 장편 소설

FUSION FANTASTIC STORY

용마검전
FANTASY FRONTIER SPIRIT
김재한 판타지 장편 소설

「폭염의 용제」, 「성운을 먹는 자」의 작가 김재한!
또다시 새로운 신화를 완성하다!

『용마검전』

사악한 용마족의 왕 아테인을 쓰러뜨리고
용마전쟁을 끝낸 용사 아젤!

그러나 그 대가로 받은 것은 죽음에 이르는 저주.
아젤은 저주를 풀기 위해 기나긴 잠에 빠져든다.

그로부터 220년 후…….

긴 잠에서 깨어난 아젤이 본 것은
인간과 용마족이 더불어 살아가는 새로운 세상이었다.

Book Publishing CHUNGEORAM

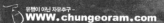